文艺人才

主　编　高凯
副主编　弋舟　腾飞

敦煌文艺出版社

《文艺人才》赠阅方面

各国驻华使领馆

各省市有关文艺主管部门

各省市及港澳台图书馆

全国部分文艺名家

甘肃省领军人才(宣传文化界)

艺术系列高级职称专家

优秀民间文艺人才

兰州市区人文茶楼

《文艺人才》学术平台 / 甘肃省八骏文艺人才研究会

高端顾问 高洪波 连 辑

名誉会长 邵 明 周丽宁 叶延滨 陈思和 马少青 张永基
　　　　　苏孝林 瞿万益 杨建仁 王登渤 李积麒

政策顾问 杨 邠 封奎海 柴晓军 张国伟 王 刚 李长迅 郑怀博 赵平英

经济顾问 李成勇

会 长 雷 达

常务副会长兼秘书长 高 凯

副会长 南振岐 阳 飔 叶 舟 腾 飞

《文艺人才》编委会

编委会名誉主任 雷 达

编委会主任 王登渤 马永强

编委会副主任 高 凯(执行) 杨继军 阳 飔

编委会委员(以姓氏笔画为序):
　　人 邻 弋 舟 马青山 马步升 王永久 王进文 王玉福 毛树林 叶 舟 毕忠义
　　刘满才 刘秋菊 乔 琼 汪小平 杜 芳 何 江 何 岗 李世恩 李天成 张使任
　　樊 威 张存学 张晓琴 郭志为 尚德琪 林 涛 苟西岩 周凡力 张卫星 赵淑敏
　　娜 夜 高子强 唐翰存 徐兆寿 常 青 雪 漠 程金城 韩小平 彭金山 彭岚嘉
　　路学军 管卫中 腾 飞

主编助理 曹雪纯 席晓辉

组稿编辑 袁 静 李春玲

微信总监 知 闲

印务总监 王育红

编 辑: 《文艺人才》编辑中心

电 话: (0931)8864050　8835239

组稿邮箱: bjwyrc2015@163.com

电 话: 0931-8725756　0931-8835239

邮 箱: 1244978011@qq.com

地 址: 兰州市东岗西路668号甘肃省文学院

邮 编: 730000

目录

《丝路花雨》底蕴深远
弘扬中华文化之美
——甘肃省歌舞剧院《丝路花雨》赴台湾佛光山演出记

甘肃省歌舞剧院　窦红印

　　"花雨缤纷飘洒宝岛,丝路绵绵传递友谊。"国家艺术基金2015年度资助项目–经典舞剧《丝路花雨》台湾佛光山演出取得圆满成功。

　　作为国家艺术基金2015年度传播交流推广资助项目,受台湾财团法人人间文教基金会邀请,甘肃省歌舞剧院舞剧《丝路花雨》剧组一行90人于2016年10月24日至11月2日赴台湾,在高雄佛光山佛陀纪念馆交流演出,在当地掀起了一股"敦煌热"。此次活动由台湾财团法人人间文教基金会主办,佛陀纪念馆承办,国家艺术基金管理中心、甘肃省政府台湾事务办公室、甘肃演艺集团支持协办。

一、21年后"花雨"再洒宝岛

　　《丝路花雨》被誉为"中国民族舞剧的典范",于1979年首演后,引起极大的轰动。该剧以举世闻名的丝绸之路和敦煌壁画为素材进行创作,讲述的是敦煌画工神笔张、女儿英娘与波斯商人伊努斯患难与共、生死相交的故事。

　　37年来,《丝路花雨》带着浓郁的敦煌印迹、独特的丝路符号,在世界各国和祖国大江南北演绎经典,书写了中国舞剧史上的一段辉煌传奇,成为甘肃乃至中国的一张"文化名片"。迄今为止,《丝路花雨》共推出3个版本,分别是1979版、2008版和2016版。除了保留经典,更加上现代舞美的重新诠释,与时俱进、久演不衰。

而早在1995年10月,应台湾传大艺术公司邀请,舞剧《丝路花雨》就曾在台湾台北、台中、高雄、彰化等地巡演10余场,并成为大陆第一个进入台北"国家戏剧院"演出的艺术团体。当时每场演出都受到当地民众的追捧。演出结束后,大批的观众纷纷涌入台前索要签名、合影留念。

在当年台湾演出大获成功的基础上,受台湾财团法人人间文教基金会邀请,《丝路花雨》再度登陆宝岛,于2016年10月28—30日,在台湾佛光山佛陀纪念馆,演出经过不断提高打磨的《丝路花雨》2008版,旨在进一步推进两岸文化交流,扩大中华民族优秀传统文化在台湾的影响。

演出分别于28日下午、28日晚上、29日晚上、30日晚上进行。4场演出,1万多张演出门票在剧组抵达前不到一周的时间内被一抢而空;每场近两个小时的演出中,观众的集体掌声多达30余次。而演出结束演员谢幕时,观众更是长时间起立鼓掌,表达对舞剧《丝路花雨》的喜爱。这一切足以说明,21年后,台湾观众再次被《丝》剧征服。

演出结束后,"太美了""看不够""希望演出留下来"这样的观众反应不绝于耳。"我去过敦煌,敦煌壁画中的'琵琶伎乐、捧花飞天'等的一幕幕今天在艺术家的表现下复活了,他们更像是从敦煌壁画上走来的舞者。""什么时候他们还能再来呀,《丝路花雨》百看不厌。""《丝路花雨》千里有知音。两岸一家亲,两岸文化根脉相连。《丝路花雨》再次展现了民族传统文化历久弥新的经典魅力。"更有观众用"此舞只应天上有,人间难得看几回"来表达自己的赞美。

佛光山住持心保和尚向大众表示,《丝路花雨》在世界各地演出多达三十几个国家,这部舞剧为佛教历史做出很大的贡献,经过三年的申请,才在佛馆演出,此剧不仅是佛教艺术的展现,也有弘法的功能。《丝路花雨》带有深刻文化艺术的内涵,蕴藏着佛法的智慧,符合星云大师提倡人间佛教的精神。

佛馆馆长如常法师表示,表演透过人间佛教对艺术的诠释,展现佛教文艺化、人间化、国际化的真、善、美精神。

甘肃省台办主任王锋、副主任崔鹏冲、交流宣传处长李振印,甘肃省演艺集团总经理张明等领导随团参加交流活动。王锋主任在演出前致辞表示,《丝路花雨》编排三十多年以来,所到之处都受到热烈欢迎,感谢佛光山及星云大师促成,让精彩的文艺演出能与台湾民众共享。感谢人间文教基金会的热情邀约,并期待此行能增进两岸人民的情谊,促进彼此文化交流与合作。

此次演出得到了中央电视台、《中国文化报》、《甘肃日报》的报道,中新社、人民网、新华网、凤凰卫视、新浪网、国家旅游网、《大公报》《文汇报》、每日甘肃等众多主流媒体多次对演出盛况进行了报道。佛光山"人间通讯社"、"人间卫视"和"佛馆快讯"等对演出活动进行连续追踪报道。

如："反弹琵琶伎乐天"、"千手观音"、"胡璇舞"等著名经典场面,在3天的演出中不断精采重现,磅礴的交响乐配乐烘托起画面的情感氛围,随着故事情节的引人入胜,牵动所有在场观众的思绪,最后花瓣如细雨般从空中飘落,演员在缤纷的花雨中唯美谢幕。

如:谢幕时各主要角色再度展现剧中精彩桥段,现场掌声如潮水般不断,最终场担任献花的为普门中学担任现场知宾的学生,他们开心表示,一连3天在大觉堂服务,不仅学会如何引导现场观众动线,也观察到灯光和声控的作业,特别终于在最后一天为演员献花,上台近距离目睹,和在台下观看的感受完全不同,让他们既兴奋又感动不已。

如:"睽违21年!"甘肃省歌舞剧院经典舞剧《丝路花雨》再度来台,于佛陀纪念馆大觉堂盛大演出,现场座无虚席,舞者演出精湛,复活了沉睡千年的敦煌,以舞台呈现古丝路的繁华,以艺术推进两岸文化的交流。

二、精心创排,精细运作,精湛演出

此次重大国事演出任务的圆满成功,是在国家艺术基金的大力支持下,在省台办、省文化厅、省演艺集团的高度重视、安排部署下,我方与台方团结协作、共同努力下取得的。

在演出任务确定后,鉴于《丝》剧37年来参与的重大国事活动中,在佛光山这样一个佛教圣地演出,还是第一次,面临严峻的挑战。为此,院长陆金龙带领舞美技术人员于8月份赴佛光山对佛陀纪念馆大觉堂进行考察,与相关人员商洽制定演出方案。鉴于将传统的舞剧在场馆内展现,依照大觉堂观众的座位、演播设施,必须对《丝路花雨》舞美进行较大的技术调整。后经双方多次沟通协商,最终确定了双方联合合作搭建舞台及以LED视频作为舞台背景的演出形式。

自8月20至10月24日两个多月的时间里,剧院舞美、视频技术设计制作人员与佛光山相关技术人员,通过现场交流、电话会议、邮件、微信等多种方式无数次的沟通、研讨,精心设计、精细制作,完成图纸、文案千余份,最终以高质量、高水平创造性地完成了预期的舞台搭建、视频工程和灯光工程,为《丝》这台传统舞剧得以在大觉堂完美呈现奠定了坚实的基础。

尽管《丝》剧近年来在国内多个体育场馆,甚至在新加坡的滨海艺术中心等地,多次以LED视频或投影的形式呈现,且取得了较为成功的经验,以高科技手段解决了《丝》剧在剧场条件不足或体育馆等地演出的难题,使之能够"既上得了厅堂,又下得了厨房",以满足不同层次观众的文化需求。但考虑到此次活动的意义重大,要以LED

视频舞美的特殊形式使传统舞剧《丝路花雨》以最完美的容颜亮相大觉堂、献礼佛光山，剧院尽全力下大功夫制作了舞美背景的数字视频置景方案。

一是对原演出使用的舞美视频进行修改、新制、提升。一个月来，视频工作技术人员加班加点对舞美视频进行修改完善，解决以往存在的问题。

二是邀请国内视频技术最高的数虎图像公司（"数虎图像"是国内顶尖的数字多媒体视觉创意服务公司，为展览展示、旅游演艺、企业展厅展馆、金融银行等提供专业的视觉展示、影像视频设计制作、解决方案制定、项目工程）重新设计制作LED视频。在剧院技术人员的配合下，双方加班加点，最终在出发前得以高质量地完成了该视频工程。

演出以多媒体视频取代传统的画幕布景，首度尝试数字舞美的呈现方式，将古代敦煌壁画的色彩与视觉艺术的动感与演变性相结合而融为一体，使精美的大型视屏舞台完美地呈现，在演出过程中叫好声不断，掌声此起彼伏……

佛光山是佛教圣地，《丝路花雨》富含许多佛教元素，以敦煌丝路动人的传说，表达人与人之间的大爱，为使台湾观众能共享这场敦煌盛宴。针对此次演出，我们还做了一些必要的调整：

如：为压缩时间，演出取消了中场幕间15分钟的休息程序。演员的换装需要分秒必争，为了解决换装问题，剧院特意将第四幕以往以诗歌体的幕间词改写为通俗叙述语言，配以动态的背景画屏，令观众不会感觉到有幕间间隔的枯燥感。

如：以解说形式介绍剧情，邀请中央电视台播音员对剧情介绍进行录音，在演出幕间与字幕同时播放，以使场馆现场观众在每个角落都能够远距离地通过视觉或听觉的形式知晓、了解剧情。

又如：为提升剧目质量，投资近百万元对《丝》剧音乐进行重新录制，对部分服装道具进行修缮、新制。而针对台湾演出项目，在第六幕二十七国交谊会场景表演中，加入台湾地域符号，以及体现特色的僧侣等元素的呈现，从而使《丝》剧更接地气，更具亲和力，增强观众的亲近感和自豪感。

《丝路花雨》通过2014年度国家艺术基金青年人才培养资助项目培养主角演员及优秀群舞演员，从根本上解决了《丝》剧主角演员依靠外请、骨干演员水准不高、整体演员水平参差不齐、素能较低等问题，进一步提升经典舞剧《丝路花雨》的品牌质量，从而为此次演出的成功奠定了坚实的基础。

而为使此次演出活动为两岸交流沟通顺利圆满，在出发前，还专门召开了赴台湾外事教育动员会。甘肃省台办相关负责人出席做动员讲话并进行了外事安全教育。

三、续写"丝路传奇"，一次净化心灵之旅

舞剧《丝路花雨》"复活"了沉默千年的敦煌，也开启了一条传播中华文化"远渡海

《丝路花雨》台湾演出照

外"走向世界的道路。37年来,《丝路花雨》的脚步从未停止,已先后在朝鲜、法国、意大利、美国、西班牙等40多个国家和地区累计演出近3000场,观众超过400万人次。其间,作为特殊的"文化使者",无论是在意大利米兰斯卡拉大剧院演出,还是在英国伦敦、法国巴黎和德国法兰克福等地成功商演,都将中国优秀的舞台艺术带进了欧美著名剧院,吸引了大批西方主流观众,不断扩大中华传统文化的影响力,一路续写着属于《丝路花雨》的辉煌传奇。

《丝路花雨》是中华民族共有的文化经典,此次赴佛教圣地佛光山的演出,以舞蹈、音乐和肢体语言,向佛表达最高敬意,对于参演的每个演员、职员来说,都是一次净化心灵之旅。

佛光山开山星云大师特于29日在佛陀纪念馆接见《丝路花雨》全剧组人员。星云大师首先欢迎《丝路花雨》剧组的到来,并表示敦煌是中华之光,超越全世界的文化与价值。他曾经为敦煌梦魂颠倒,一心想要前往,但由于两岸的隔离,1989年才有机会到敦煌礼拜。"什么是中华文化?"星云大师说,敦煌文化的浩伟,为中华文化之代表,为全世界所仰慕向往,今日已形成敦煌学,是艺术文化的宝库。大师感谢在场领导们的支持,《丝路花雨》在世界各地演出多年,现在到了佛光山,虽然他眼睛看不见,但心眼会知道,了解其中的难得与伟大。也认为团员很有福气,能带着中华第一国宝的内容材料,在世界巡演,表现中华文化的深长久远。

大师指出,近年,习近平主席倡导一带一路,古时,玄奘大师行走丝路,是最早的留学僧,扬威海外,获得十余国国王的推崇,将中华文化翻译成梵文,得到尊敬,并宣扬中华文化。此外不论是陆上、海上丝路或一带一路,都与佛教有关系,也会因经济、建设、尤其是文化上，产生深远流长的影响。

在演出间隙，佛陀纪念馆安排演职人员在佛馆以及佛光山展开参访。在佛光山体验早课、过堂，参观藏经阁、宗史馆，至佛光楼抄经堂抄经和双阁楼体验茶禅一味等，大家随着法师的引导，闭目静坐，虔心抄经，以及用心品茶。行走佛光大道至佛馆，沿途不时有人手比莲花指与法师或服务人员打招呼，相当入境随俗。

无论是聆听星云大师的开示，还是无时无刻受法师的感化；无论是住寮房、食素斋；无论是体验抄经修持，还是品茗茶禅，对于每一个人来说，都是一次净化心灵之旅，受益匪浅。

"一见到佛光大佛，心里就有股踏实、安定的感觉。"演员们认为，大陆和台湾对佛教的表达方式虽不同，但那份虔诚的心意是一样的。"觉得'三好'有助在表演上的诠释，因为行'三好'可以让人踏实成长，表演也是如此。""虽然到过相仿的地方演出，却没有一处像佛光山和佛馆让我印象如此深刻，诸如过堂和茶禅，以及无论在何处，遇到的每个人都是热情相待、真诚祝福，这次演出会是一生最难忘的经历！"

演出期间，剧组也与台湾当地的佛光敦煌舞团及南投民族舞团、高雄市第一社区大学、屏东蓝衫乐舞团、屏东县舞蹈文化创意协会、凤山讲堂敦煌舞团、树德科技大学表演艺术系、艺亩田艺文工作室、喜悦舞蹈班等学校和团体进行敦煌舞蹈的动态交流，推进两岸敦煌舞蹈艺术的相互了解。

此次演出，《丝路花雨》所体现的敦煌和古丝绸之路文化和佛教精神得以进一步的传递与沟通。时隔21年再度回到台湾，与宝岛观众再续前缘，寓意台湾把握国家机遇与国家战略"一带一路"中努力打造的政治互信、经济融合、文化包容的政策不谋而合，意义重大。在台湾演出期间，剧院就已收到多方邀请，希望《丝路花雨》明年继续来台湾演出。

作为经典，"丝路传奇"在继续。

刘雨霖：我能读懂刘震云的"孤独"

张　晴

刘雨霖近照

　　2016年11月1日晚，电影《一句顶一万句》在北京万达影城CBD店举行首映礼。冯小刚、张国立、陈道明、王刚、范冰冰等明星都前来捧场，可谓星光璀璨，照亮一片。

　　在此星光中，最最亮眼的是该片导演，曾凭自编自导的电影短片《门神》获得第41届奥斯卡最佳叙事片奖的刘雨霖——她一袭白色飘逸长裙，年轻的脸上洋溢着天使般的笑容，友善、谦和的样子一如既往，沉稳、自信中透着一股大家闺秀的风范和"女神导演"的气场。

　　让人惊叹，今天的刘雨霖，已非曾经在我心中定格的漂亮小妞妞啦。时光飞逝，我已接近朱颜辞镜，妞妞正值年华绽放，目睹如花的她和她欣欣向荣的导演事业，真让人由衷地欣喜和赞赏。

刘震云与刘雨霖

读小学的漂亮小妞妞

刘雨霖，小名妞妞。

如果说，我是看着妞妞长大的，也不算夸张。最早见妞妞，是在20多年前。曾经在北京东八里庄，在那个环境极其脏乱差的地方，因为坐落着中国作家的最高学府，被喻为中国作家的"黄埔军校"的鲁迅文学院，所以与文坛的名人大腕们，一不小心就会碰着。那时，揣着一腔火热文学梦漂在北京的我，在鲁迅文学院斜对面的一家餐馆一边打工，一边逮着机会就去鲁院蹭课，虽然，经常被那位中年女班主任撵出教室，但我依然蹭得不亦乐乎，为文学受多少委屈，都觉得值，一颗红心无怨无悔地向着神圣的文学殿堂。没事儿时，我常常在鲁院附近的臭水沟旁的小路上、破桥上、菜市场、卖杂碎汤等各种小吃摊点的地方和红领巾公园散步遛达。而这些地方，也常常是著名作家刘震云出没的地方，因为他的家和工作都在附近的《农民日报》社。

记忆中印象最深的是，几乎每天中午或下午，我都会碰到刘震云推着一辆很破旧的自行车，车后座上捎着他的女儿妞妞，接送她上学和放学。无论风中、雨中，他们的身影总会出现。虽然当时刘震云尚不到40岁，但因他的穿着极其随便，甚至可以用邋遢形容，肥大的黄军裤和拖鞋最为典型，面部较黑，还胡子拉茬的。

但自行车后座上坐的小女孩，却格外漂亮，标准的瓜子脸，眼睛黝黑明亮，长睫毛一煽一煽的，尤其是皮肤，白净水灵，让曾经在甘肃家乡看惯了红二团（高原红）的我，常常忍不住要多看几眼。我甚至不无羡慕地想：假如我将来生小孩，若能生一个像她那么白净漂亮的小女孩，那简直就太幸福了。我也曾在心里暗暗揣测过，这一黑一白的两人，真的是父女关系吗？虽然黑的这位看上去很像一个平凡、隐忍、任劳任怨的年长慈父，但他俩的样貌，感觉真有点不像父女哎，唯一可以解释的，就是我想这小女孩肯定很像妈妈，她妈妈一定很漂亮。后来跟她妈妈——著名公益律师郭建梅大姐认识后，果然证实了我当时的想法。郭建梅大姐不仅人长得美，她慈柔悲悯执着帮助弱势群体的心，更美。

起初与刘震云老师的碰面，因为不认识，只是看看就过去了。碰面的次数一多，彼此都不禁善意地一笑而过。后来在鲁院的一次蹭课，站在讲台上的人，竟然就是天天碰面的那个接送小女孩的人，原来他——竟然就是著名作家刘震云！我当时惊愕的程度是:大张着嘴,傻傻的,好半天嘴唇都不能合在一起。因为那段时间,我每天晚上都在如痴如醉地读《塔铺》《一地鸡毛》《故乡天下黄花》等,却不曾想几乎每个白天碰到的人竟然就是作者本人,这未免太有戏剧性了。

那次蹭课,就算是和刘震云的正式认识。之后的碰面,我常常都是礼貌地问一声:"刘老师好!"刘震云也点头答应着,有时简单地寒暄两句。更多时候,我会逗逗小姐姐,她的漂亮、乖巧和可爱,真是非常招人喜欢。即使在夏天碰到小姐姐跟着刘震云蹲在西瓜摊前啃西瓜,也丝毫不影响她的漂亮和可爱。

红领巾公园,是当时鲁院附近唯一的一个环境干净的地方,也曾多次在那里碰到刘震云。一次,我坐在公园的湖边看书,忽听一个稚嫩的女孩声音喊:

"刘震云,拿纸来!刘震云,拿纸来!"

我吃惊地寻声望去,发现在不远的树丛处,小姐姐被冰淇淋染成大花脸,而且洒了自己一身,她在那里很自然地直呼着刘震云的名字,刘震云在不远处专心地看着报纸,后来他听到了女儿的呼唤,竟也很自然地答应着给她递纸巾。

我当时觉得特别有意思,在外国电影或小说中,我曾看到小孩子直呼家长名字的情景,其关系宛如亲密的朋友,而在中国,这简直就是严重颠覆父权的大逆不道。敢于直呼父亲大名,可想而知,这个孩子的成长环境得有多宽松啊。

刘震云和他女儿,在那一刻上演的中国版亲密朋友的父女关系,在让我非常吃惊的同时,也很由衷地欣赏,我忍不住会心笑笑,并暗自在心中想:这对父女很不一般!

一句顶一万句:这对父女果然很不一般

在很多垃圾电影,以快节奏、超刺激、浮躁、炫富、粗糙、不知所云的态势充斥大银幕的当下,电影《一句顶一万句》,以其真诚、沉着、细腻、质朴的基调,触摸着普通大众的日常情感,温柔地打动人们的心。

凡看了电影的人,都觉得非常真实,感觉电影中的故事,都是发生在自己身边的事情,很亲切,很现实,也很残酷。

著名音乐人高晓松,看了该片觉得挺惊诧,他认为刘雨霖那么年轻,也没吃过什么苦,又在国外待了很多年,竟能拍出"那样贴近普通人民的非常细腻的戏"。

著名主持人王刚,在看完该片的首映后,感慨地说:"不虚此行,现在最大的感受是赶紧回家,和家人多说说话,不说话太可怕了。"王刚一语道出该片在对人的心灵和情绪所发生的效应。更有网友评论说:该片对人具有疗愈作用。

当然,也有人说,《一句顶一万句》不就是讲出轨和戴绿帽子的故事嘛!如若仅仅站在这个层面去理解,窃以为,实在太过肤浅。

在原小说和电影中,我最青睐的有5句话,这5句话,我认为每一句都顶一万句:

1.世上的人遍地都是,说得着的人千里难寻。

2.一个人的孤独不是孤独,一个人找另一个人,一句话找另一句话,才是真正的孤独。

3.世上的事情,原来件件都藏着委屈。

4.过日子是过以后,不是过以前。

5.世界上最可怕的事,是你拿别人当朋友,别人并没有拿你当朋友。

这5句话,没有华丽的词藻,看似普通平淡,但细细琢磨,却非常深刻,可以说,道出了人生的真谛和人性的实相。

小说《一句顶一万句》刚出版时,曾被评论家誉为是中国版的《百年孤独》并斩获了茅盾文学奖,这使本来在作家中就很有特点的刘震云,更显得很不一般。

人,生而孤独,伴随人一生的,最终还是孤独,没有谁能逃脱孤独的生命本相。这个话题太过宏大高深,也太富有哲学意味。一般人,很难领略和理解其中的境界与深刻。

刘雨霖,一个如花似玉的年轻女孩,竟然选择将《一句顶一万句》搬上大银幕,这得需要多大的勇气和胆识? 尽管,电影只是选取了小说的其中一小段故事,但揉在其中的对人生、对人性及对爱情与婚姻的深度思考,足已让人佩服她视野与心域的辽阔。

就在《一句顶一万句》首映礼前两天,因为毕竟是刘雨霖执导的第一部长电影,作为妈妈的郭建梅,心里自然会替女儿有些许紧张和忐忑。但是,刘雨霖却表现得很坦然,她不但不紧张,反而安慰妈妈说:“没事儿,别紧张,大导演都有人骂呢!”这种心态与气度,对一个年轻导演来说,真是了不起。

其实,作为曾多次登上作家富豪榜的著名作家的女儿,按当下人们崇尚的价值观来看,刘雨霖应该是一个时尚、摩登,比郭敬明还喜欢炫富的白富美女郎,她也完全可以拍一部像《小时代》一样的垃圾片来娱乐大众,从而很成功地误导和扭曲青年人的价值观。或者她什么都不做,仅凭啃老爸的丰厚稿酬,就可以吃香喝辣,像公主一样颐指气使,万事无忧。

更或者,她不啃老爸的稿酬,仅凭自身的高颜值,就能生活得相当滋润。就在刚刚过去的10月,在第21届釜山国际电影节上,刘雨霖一袭飘然红衣,携《一句顶一万句》入围角逐唯一竞赛单元“新浪潮”奖,她是入围名单里唯一的一位女性导演,万绿丛中一点红,使她成为该电影节一道格外亮丽的风景。

不过,她的亮相,起初却惹来了观众此起彼伏的质疑声,很多人怀疑加好奇的一直追着她问:

你真的是导演吗?

真的有这么漂亮的导演吗?

为什么你自己没有当主演呢？

类似这种没完没了的质问，让刘雨霖始料未及，也让她有点哭笑不得。她笑称"这算是被颜值拖累得最惨的一次"。

但是，当首场展映之后，观众已不知不觉被电影本身吸引，继而观众的心被深深打动乃至震撼，影迷们送上了这样的评价：《一句顶一万句》"情感如刀刃"。至此，观众们才把热情的赞誉，送给了这位本来可以靠颜值吃饭，却偏偏靠才华吃饭的导演，网友更是称她为"女神导演"。

由此可见，假如刘雨霖什么都不做，仅靠颜值，就能稳稳妥妥无忧生活，甚至可以走在非主流的道路上，很任性、很恣意地挥霍美丽青春，轻轻松松享乐人生。

可是，可是，内心纯善无华的刘雨霖，偏偏以她的思想，她的勤奋，她的努力，她的大爱与情怀，呈现出与年龄远远不符的成熟、深刻、坦然以及对人生的思考。所以她才有胆识和勇气把表现孤独与人性的《一句顶一万句》搬上银幕——岁月是无情的，十年婚姻，当初再炽热的爱情，都会被庸常琐碎消解成无话可说。如果有人再不珍惜，不容忍，或两人的价值观偏离方向，或一个在成长另一个始终原地踏步，都会走到更加无语的绝境。这是每个人、每个家庭都难避免的，心灵与精神的逃离，使两人之间，找一句话都是难上加难。于是，"说不着"成为宏大的孤独，如影相随。更何况，人与人之间，"说得着"的人，本身就很难寻觅，与身俱来的孤独，潜藏在每个人的骨缝间，游走在每个人的灵魂中。人生路上，如果能遇见一个或几个"说得着"的知音，便是万幸了。

知父莫如女，可见，刘雨霖完全读懂了作家刘震云的厚重、深刻与"孤独"。他们父女俩一个编剧，一个导演携手锻造的这部电影大片，吸引了无数人的眼球，在寒冬季节赢得了文学与电影之暖。从这个意义上讲，20年前，我曾在红领巾公园对他们有过的"这对父女很不一般"的感觉，如今，可算是应验了。

一脉相承的家庭教育

2014年，在美国第41届奥斯卡颁奖典礼上，刘雨霖自编自导的故事短片《门神》，获得最佳叙事片奖，成为李安之后第二位获奥斯卡奖的华人导演。当我收到郭建梅大姐当天用微信从美国发来的他们一家三口在奥斯卡颁奖现场拍摄的幸福照片时，我真心感动，为他们欢呼，为他们一家三口精神都高度独立，在各自的领域个人成就都相当出色而欢呼，为他们优秀的家庭欢呼。

在他们这个家庭里，作为丈夫与父亲的刘震云，出身极其贫寒卑微，没有任何背景，他凭着几十年的勤奋与执着，硬是把自己磨砺成了著名作家，而他的所有作品，都在替底层小人物和普通大众说话。作为妻子和母亲的郭建梅，从小在穷困的环境长大，刻骨地感受过底层人群生活的窘迫、痛苦与绝望，用她自己的话说就是"被人像蚂蚁一样踩过"。尽管，她后来成为北京大学法律系高材生，毕业后被分配到国家司法部研究室，并曾全程参与了《中华人民共和国妇女权益保障法》的起草工作，后又在全国妇联法律顾问处工作，再后来在响当当的国家级杂志《中国律师》担任主编助理，这样高的职位，是无数人梦寐以求，甚至挤破脑袋都求之不得的。但她，立志要帮助广大弱势群体的她，亲手砸掉这个金饭碗，义无反顾辞职，成为中国第一位公益律师，之后的20多年如一日，她都异常艰辛地为弱势群体免费进行着法律援助，因她的帮助而受惠的群众达5万多人次，她就像世界上最受人们尊敬的特蕾莎修女一样，为一切穷人奉献着内心的大善与大爱。2005年，她获得了诺贝尔和平奖提名。

正是因为有着这样关爱普通大众疾苦与生存状态的父亲和母亲，刘雨霖从小受到潜移默化的影响，给她的心灵打上了关注和重视底层阶级的烙印，这使她打量世界的视角显得朴素而平民化，而她拍电影的初衷，用她自己的话说就是"想替情感被忽略的普通人来说话"！在她看来："这些被忽略的普通人的渴望和情感，其惊心动魄的程度，不亚于战争。"她的这种理解，与她的父亲刘震云用文学替底层小人物说话的写作一脉相承，也与她的母亲郭建梅用善心、用法律援助弱势群体的悲悯情怀相得益彰。

她曾获奥斯卡奖的《门神》是一部短片，讲述的是留守儿童盼望出走的妈妈回家的故事。她在发表获奖感言时说："我之所以要拍摄《门神》，是因为这个中国乡村小姑娘的悲伤被大家忽略了；她亲人的悲伤也被大家忽略了。像这样被忽略的情感，在我的故乡有很多。我想把这些被忽略的情感，告诉大家。"而《一句顶一万句》，是她拍的第一部长片，讲述的是钉鞋的、卖烧饼的、做挂面的、做蛋糕的等普通人的爱情、婚姻与内心孤独的故事，依然是关注被忽略人群的情感。

刘雨霖从小跟着父亲刘震云蹲在路边啃个西瓜或在钉鞋的、卖杂碎汤的摊边一坐好长时间，看来来往往的人群，或跟父亲回河南老家住一段，听闻各种山野村事，见识了最底层的群体；她也跟着刘震云去陈道明家、葛优家、冯小刚家、王朔家等，这让她又见识了最高层的精英群体。

她还曾多次跟着公益律师的母亲到老少边穷的地方，亲眼目睹了母亲办案子时所见所遇的各种辛酸——为每天两毛盐钱而发愁的家庭、怀胎九月也要去田间干活的女人、因生育导致子宫严重脱垂却还要照顾孩子的产妇等等……为此，刘雨霖为她们难过，很多次忍不住为她们哭过，然后把压岁钱全都捐给那些穷人，她还用手持摄像机拍录下了很多触动她心灵的素材。

最让刘雨霖心疼和心痛的是一个关于家庭暴力的案例：一个怀孕的农村妇女，因为拒绝了丈夫要过夫妻生活的要求，这个丈夫一气之下，竟然拿改锥剜掉了妻子的一个眼珠，知情人在叙述时说："眼珠子掉地上的声音都能听得到……"

如此残忍，如此血淋淋、活生生的现实版故事，让刘雨霖刻骨地感受到最底层人们的生活状态，但就在这残忍之外，刘雨霖依然用她敏感温柔的心和手中的镜头，捕捉到了一丝暖：小男孩飞飞伸手为失去一只眼睛的母亲擦眼泪……后来，刘雨霖将拍摄下来的素材，剪辑成了一个23分钟的纪录片，取名为《眼睛》，也正是这个动人心扉的短片，后来为她敲开了美国顶尖电影学院的大门。她还曾对郭建梅说："妈妈，等将来我学成了，我要拍一个中国的公益律师。"

刘雨霖跟着母亲除了目睹各种案子的心酸，心底细腻柔软的她，也捕捉到底层人们的简单快乐和微笑，

走向前台的刘雨霖

当她观察到每天为两毛盐钱发愁的家庭，诞生了一个小宝宝时，他们脸上的笑容和表情，在那一刻，竟然生动得跟富豪家庭的人们的情态一样，这使她意识到："人间的情感是共通的，我们身边围绕和关注的，可能是每天在聚光灯下的人们的情感，但其实我们身边千千万万的人，他们的喜怒哀愁，却完全被我们忽略了，也没有创作者真正把他们聚集到电影上。电影对于我来说特别神奇的一点是，它能把你心中怀有感情的人和生活永远留在银幕上，可能有一天我们不在了，但他们还在。"

"替普通人说话"是刘雨霖从父母润物细无声的影响里汲取的价值观。谈及家庭教育，刘雨霖说："我很幸运的是，父母都是有大善和大爱的人，当一个人有大善和大爱时，他会用一颗敏感和柔软的心，去注意和打量生活中的很多细节。我的父母对我的影响，不是这一部作品，也不是我的电影之路，而是从小到大潜移默化的影响：做事情勤奋认真，肯花笨功夫，心怀大善大爱，对待生活，保留内心敏感和柔软的部分。"如此看来，拍摄关注孤独和人性的这般深刻的《一句顶一万句》，也就非年轻的刘雨霖莫属了。

刘雨霖的成长过程，一直都是宽松式的散养。小时候，当一起玩的小伙伴被陆陆续续喊回家时，她永远都是院子里玩到最后的那一个。家庭教育环境没有太多教条和

禁锢,否则,我也不会曾在红领巾公园欣赏到她直呼父亲刘震云大名的那种难得一见的朋友般的父女关系了。

对于刘雨霖来说,父母提供给她的这种极其宽松的家庭教育环境,使她从小就养成了独立思考、凡事都能自己做主的能力。最典型的例子,要属她本来在传媒大学读的是播音主持专业,但到大二下学期时,她突然对电影发生了浓厚的兴趣,于是就自作主张转成了电影专业,并发奋钻研最终考入了美国顶尖的电影学院。

曾在上中学时,父亲刘震云并不在乎她的学习成绩,对她的要求只有两点:"一要大气;二要有修养,不要疯疯癫癫,俗了吧叽的。"那时候的每天早上或晚上,刘雨霖都和父亲手拉手,或她挎着父亲的胳膊,一路走一路聊,对很多问题的看法进行交流,有时候也会有辩论,这种父女充分沟通的教育方式,一直都没间断过。如今的刘雨霖,这样评价父亲:"父亲虽然说话不多,但在人生每一个最困难最需要他的时候,他都在那儿,他说的道理都是一句顶一万句的道理。"在精神层面,刘雨霖一直都视父亲为榜样,她比喻父亲是她的一棵大树。她做事的定力、认真的态度以及执着劲儿,都特别像刘震云。

在中国,很多母亲,在谈及孩子父亲时,都会用指责和抱怨的口吻和语气,这种现象,在我的家乡有一句非常生动的总结,曰:比衣裳夸娃骂男人。其原因有二,一是女人喜欢谈家长里短,三姑六婆,长此以往形成习惯;二是男人们大男子主义严重,把所有家务和带孩子都甩手扔给女人,女人辛苦而累,心里憋满了郁闷委屈,孩子也得不到正常的父爱,更谈不上教育和影响,致使长期的压抑变成婆婆妈妈的絮叨,用语言发泄成了她们释放情绪的出口。

刘雨霖的妈妈郭建梅在谈及刘震云时,说了一句很让人感动的话,她不无赞叹地说:"他真是一个好爸爸!"可见,刘震云在女儿的成长中所起到的不可忽视的影响力和所付出的陪伴,否则,曾经我也不会在鲁院附近天天碰到风里来雨里去的父女俩了。抛开著名作家、优秀编剧的光环,刘震云这位好爸爸,可谓是中国广大父亲最好的榜样。

刘雨霖和母亲的关系很亲昵,她说:"我和我妈无话不谈,我们'说得着',什么都可以聊,情感、生活、人生等等,她始终鼓励我要找到自己喜欢做的事情,并且要一直坚持做下去,要勇敢、坚韧、有担当。她对我最大的影响是:面对困难,无所畏惧。"

在美国求学时,刘雨霖也遇到过很多困难和困惑,但每当她母亲提出去陪她或帮助她时,她都会温柔地拒绝说:"妈妈,请让我独自完成这件事!"于是,她母亲也做出相应的回答:"好啊!人生中的许多坎儿,都得独自去面对,迎上去,放下它,胸怀就真得开阔了!"

刘雨霖曾明确对母亲表示过:她要把大爱的情怀放在电影作品中,她要做一个特别的导演,不入俗流。她认为,靠高科技的奢华炫丽吸引观众的眼球,那不是最好的艺术,票房也不是电影的唯一。她说她要拍的电影,是触摸观众的心,而不是掏观众的钱包。

对于一个年轻漂亮的女孩来说,这是何等的境界,何等的胸怀啊。而她的母亲郭建梅,对她这般的胸怀和理念,也是格外懂得,格外赞赏。说起女儿,郭建梅会用一个母亲的溺爱说:"臭妞儿是我此生最好、最'说得着'的'作品'!"语气间,透着一个母亲为拥有优秀女儿的自豪和幸福。

凡跟刘雨霖打过交道的人,都有一个共同的感觉:她非常礼貌谦和、雍容得体、富有教养,说话字正腔圆、语气缓慢轻柔、娓娓道来,待人热

张晴与刘震云合影

情真诚,举止沉着、冷静、自信且很有主见,由内而外透着一股颇有内涵的迷人气质。看来,刘震云对她"一要大气;二要有修养"的要求,她全都完美地做到了。

曾有一次,刘雨霖跟几个朋友去云南普洱的原始森林中探寻自我。普洱的天气时雨时晴时风,她们穿着雨衣,光着脚丫子霓过溪流。在树下休息片刻后,大家各自分享感受,刘雨霖闭眼安静坐着,仰着脸,雨水穿过高耸的大树滴滴落下,刘雨霖轻轻分享说:"我听着每个小雨,滴落在我头上说'I love you,I love you'。"

这是另一种情态下的刘雨霖,一个纯净、诗意、唯美、阳光,惹人喜爱的美丽女孩。

一个人的成长,追根寻源,以父母为影响力的家庭教育,尤为重要。每一对中国式父母,都期冀望子成龙、望女成凤,但绝大多数父母都只盯着孩子的考试成绩,在心灵和精神上给孩子起不到任何引导和影响,甚至有些父母自己整天在麻将桌上一坐,却等着孩子成材成功,这势必会形成一种恶性循环。窃以为,想要教育好孩子,父母们首先应该把自己教育好。

越是优秀的人,越是努力,越是对自己的要求很高,对自己的世界观、价值观、人生观

极尽负责。作为父亲母亲的刘震云和郭建梅，他们用自己的不懈努力和优秀，为刘雨霖树立了无可替代的榜样，也应该是中国广大家长们借鉴和学习的楷模。

刘雨霖，打动我第一次写年轻人

刘雨霖在我心目中，一直都是定格在刘震云自行车后座上的那个上小学的漂亮小姐姐。仿佛转瞬间，突然就变成了"女神导演"，这种转变，让我感觉非常惊讶，时光，是一种多么伟大的东西啊。

自从2009年在《人物》杂志第5期发表第一篇写著名导演吴天明的人物稿以来，我陆陆续续写了数十位文化艺术名家，比如：作家汪曾祺、刘震云、毕淑敏，舞蹈家杨丽萍，书法家言恭达，画家王涛，歌唱家郑绪岚，文化学者叶坦等，我笔下的人物的年龄都偏大，年龄最小的一位是当时已经40岁的作家邱华栋。

有细心的读者曾问我："你写的人物怎么都那么老呀？你为什么不写写那些很火的小鲜肉和年轻漂亮的女明星呢？"

我笑笑，回答说："小鲜肉和女明星由那些娱乐记者们写，我可不想凑那个热闹。"说白了，我感兴趣书写的人物，都是被岁月沉淀打磨后，灵魂散发着些许光亮的人物，至少他们的精神层面要让我有触动，要有走心的感觉。

刘雨霖的电影，其真诚、细腻、质朴和稳稳的基调以及关注老百姓、替普通人说话的风格，让我惊异地发现，她与著名导演吴天明的电影竟然有某种相似，都需要用一种善意、温润、敏感而柔软的情感去品味，有一种很走心的感觉。这一发现，我甚至很惊愕，刘雨霖只是一个二十多岁的刚刚出道的年轻导演，而吴天明却是影响了中国电影一个时代的大师，他们的电影风格竟然很像，这是为什么呢？

《中华儿女》杂志的资深记者编辑王海珍女士，托我替她给刘雨霖转发采访提纲，当王海珍收阅刘雨霖回答完毕的所有采访问题后，王海珍不无动情地在微信里对我说："刘雨霖特别不错，她的回答，哎哟，让我感觉，啧，这个女孩儿，内心深处，怎么说呢？哎呀，反正很深的那种，然后又很温和的，总之是，挺让我感动的，她的回答特别打动人。我觉得，你肯定会能给她写出一篇很好的文章，因为，她的内心，她的思想的宽阔和深刻，其实，比很多很多有经历的人还丰盛，其实，成熟和思想，真的不在于年龄。"

我想，王海珍已经替我回答了为什么刘雨霖的电影与吴天明的电影很像的原因了。同时，她也替我诠释了，从来不给年轻人写人物稿的我，这次为什么破了例。

作家·律师·导演：你还好意思盲目 鄙视河南人吗？

提起河南人，几乎所有人都带着鄙视与愤恨，甚至没有接触过河南人的人，都会"谈河南人色变"，大有一种所有人都跟河南人结仇似的。窃以为，这种"地域黑"实在很可笑、很盲目。就跟很多中国人天天骂美国一样，好像美国挖了他家祖坟，实际上他跟美国半毛钱关系都没有。

近日，《世界华人周刊》的微信公众号发了一篇文章，题目很抢眼，曰：《河南人咋了？河南人招你惹你了？》，仅从标题，足可见国人对河南人"地域黑"的严重。

我是甘肃人，每每遇到人们评价甘肃人，都会带着感情色彩说：甘肃人很老实，能吃苦，很实在。但是，作为一个甘肃人，我很客观地讲，甘肃也有很坏的人，也有华而不实、坑蒙拐骗、不仁不义之徒，并不是所有的甘肃人都很老实、都很实在。

张晴与刘雨霖合影

我想要说的是，任何一个地方，都有好人，也有坏人，一棒子打死一个省份的"地域黑"，除了暴露盲目跟风、人云亦云的狭隘之外，更暴露了国人没有独立思考的严重的集体无意识。

凭良心说，活了半辈子，我所认识的河南人，每一个都非常好，无论是在家乡认识的做生意的河南姐们儿，还是在北京认识的河南编辑等等，她们都善良、真诚、心怀大爱，乐于帮助别人。岂今为止，我还真没遇到过一个传说中又坏又可怕的河南人，难道是上帝特别眷顾我吗？

刘雨霖及父母，一家三口：一个是著名作家、一个是中国顶呱呱的公益律师、一个是年轻轻就获得奥斯卡奖的电影导演，他们都是河南人。他们的优秀，你翻着筋斗云都追赶不上，你还好意思盲目鄙视河南人吗？刘震云曾说："我愿给河南人做形象大使！"其实，他们一家都可以。他们不仅是优秀的河南人代表，也是优秀的公民代表，更是优秀的中国家庭的代表。对于一个国家来说，家庭是一个细胞，人是其中的分子。每一个分子，每一个细胞健康优秀了，这个国家才会优秀和强大。

我们每一个人,都不应该做一个喜欢"地域黑"的人,"黑"别人实在证明不了你自己到底有多"白"。我们更应该把目光聚焦到自己的内心,反躬自问:我这个社会的一分子对自己负责了吗?我有没有努力让自己成为一个对社会、对他人和国家有益的合格的公民?

　　如果有,那就再接再厉;如果没有,那就闭嘴,赶紧好好努力去吧。

把人性撕开，让你看见黑暗的东西

杨光祖

更怕的还是精神的匮乏

如今，世界进入了后现代时代，娱乐至死，技术至上，文学似乎怎么搞都行。但我总觉得文学还是要从"自己"出发，你自己亲身阅历，亲身体会的一些东西，才最重要。所以，我经常说文学是从个人的意义上出发，最后才成为了人类的。比如说，我们有些朋友把文学创作和新闻宣传混为一谈，鲁迅说文学当然有宣传功能，但宣传不是文学。我觉得杨朔模式对于当代中国的散文创作负面影响很大，包括后来的余秋雨，那种矫情的写作，都还是一个套路。当然余秋雨的文字要华丽些，更富有煽动性，但是为啥我们大家觉得他的格调不高？就是因为他的文章里面还是夹杂一些空的东西，咋咋呼呼的东西，没有找到他"自己"。我们读鲁迅，读萧红，读张爱玲、周作人的散文，我们为啥很感动?就是他们的文字是从他们个人的生命里面流淌出来的,它就像泉水从自己的泉眼里流淌出来的,那这样的文学才真的叫文学。我写散文也20多年了,但只对我2007年以后的散文比较珍爱。为什么?因为我觉得我找到了"自己"。以前的散文其实还是虚假写作,不真实,准确地说,没有回到自身。我2007年以后的散文为什么要写幽暗、黑暗,这些有时读起来会比较不舒服的东西?这其实与我的经历有关系。我是一九六九年出生在甘肃通渭,我小的时候过着非常贫困的生活,那个小山村,精神生活极度的贫乏,加之家里人忙于干农活,对于孩子缺少精神的爱抚。我的精神世界是匮乏的,当然物质也是匮乏的。物质的匮乏对人的影响很大,但更怕的还是精神的匮乏。我经常说我们在那个想读书的年代,没有书读,我爸爸是工人,家里有毛选、马选。我上小学、初中的时候就读这些作品,比如《论持久战》。长大以后,慢慢到三十多岁快四十多岁就会想,人的一生该怎么度过?有时候感觉自己的这几十年好像白过了,没有人指点,然后慢慢地才摸索出什么是好书,什么是大师,什么是艺术。这时候可以说从自身开始反思,反思这几十年走过的路,然后就写了一些长散文,其实也是对自己的一个审视,通过对个体的这种反省去完成对这个时代的反省和审视。还是鲁迅当年思考的,什么样的人生是美好的,怎么样的人性是美好的?就这个用意。从个体来说就是通过这种散文的写作进行出毒,把自己身体里的那些毒素排泄走。第二也是通过写作自我升华,这种写作对人的人性本身所具有的黑暗、恐惧、爱情、死亡等等从哲学层面进行关照,就是用理性之光把这些东西重新关照一下,也是对一些更年轻的朋友们的一种启示。其实我的很多学生,有些岁数比我小十岁二十几岁,读了以后就很感动,甚至流眼泪。但是我的散文涉及个人的很多身体的、心灵的体验,有些属于隐私范畴,所以写的时候用了很多曲笔,比较隐晦,有些人一下看不懂。一位主编拿到稿子一年没发,后来突然打电话说要发,他说你的散文慢慢看才能看出好呢。也有读者会抗拒阅读,我觉得这也正常,就是鲁迅的散文也有人说不好。我写作不是为大部分人写,就是给那么几个知音,所以说我的文学创作更多的是这种小众的文学创作,我也不追求大众。

内心是比较绝望的

社会急剧地发展,时代在快速地推进,我们这个国家也在飞速地现代化。很多年轻人,包括我们中年人都有了心理问题。工作速度的加快,人的生活节奏的加快,人的心理一下子跟不上了。比如说,这几年我们常听到一些小学生、大学生跳楼自杀。我们中国的小说创作,包括散文创作,明显就缺一个纬度,从心理角度对人性的探索,对人性的审视就比较少,我们更多的是从上帝的全知全能的角度去写一个故事,对作品中人物的心理刻画和钻探我们做得很不够。西方的现代小说,经常会有大段的心理描写，或者说他的小说本身就是心理小说。我们国家这样的东西很少，作家都不愿把内心的东西披露出来。我在做这样的尝试，在散文里面触碰这些比较隐秘的东西。有说法说我们每个人一半是天使，一半是魔鬼，就是说我们也要看到我们魔鬼的一面。我觉得这样对我们心理的调试也是有作用的。所以有些读者看了我的散文，他会哭，他会难受，但是完了就一下子好了，就放松了，它也是一种治疗的过程。文学本身就有一种治疗功能，这也是文学很有意思的一个话题。你看

张爱玲和鲁迅，他们能成功就是能从文学的自身入手，把自己撕开，然后开始进行书写，使自己成为大师。你像余秋雨，他是没有做到这一步，他们是在书写虚假的自己，他从没有涉及个体。我们读鲁迅的《呐喊》，写当年初入当铺，那个当铺比自己还高，那种家道败落，在人的冷眼中屈辱的生活。看张爱玲《私语》被父亲殴打，关在地下室，半夜逃出来。这都是在写自己这种创伤，记忆撕开的这种写作它其实是在探讨人性问题。叙述一个人在事件发展中和别人的关系，和时代的关系，和父母亲的关系，她在里面就探究很多东西。鲁迅比较喜欢夜晚，他在进行黑暗的书写。我觉得其实很多人读张爱玲，把张爱玲称做小资，好像"苍凉的手势"就很浪漫，很唯美，其实不是那样的，她内心是很孤独很绝望的。只有这种书写我才觉得是真正的文学写作。写散文要找见自己，要寻找属于自己的语言。我有时候开玩笑说，作家是拿自己的肉体做实验，通过对自己的肉体，他的心理、生理的一种钻探，一种挖掘，来进行创作，也就是鲁迅所说的，盗取别人的火，煮自己的肉，这就是一个作家应该做的事情。

鲁迅和张爱玲都是大家族，家道中落，然后都是童年受到人的屈辱，都有童年的创伤性记忆，都受过良好的教育，鲁迅去日本留学，张爱玲到香港留学，只是张爱玲比鲁迅岁数小一些，她早年接受中国传统文化的教育没有鲁迅扎实，因为鲁迅是私塾教育，以后又遇到章太炎，所以，鲁迅的国学很扎实的，算个大学者。但张爱玲生活在上海，父亲是纨绔子弟，没有受过鲁迅那样扎实的国学教育。说张爱玲和鲁迅不同的地方就是张爱玲特别喜欢通俗文学，她的第一篇文章就发表在鸳鸯蝴蝶派的杂志上，这和鲁迅不一样。鲁迅小说中根本没有通俗文学这个影响，但张爱玲的文学中明显有鸳鸯蝴蝶派小说的痕迹，比如《半生缘》。我觉得张爱玲非常喜欢读言情小说这些东西，这是张爱玲的一个纬度，所以人们觉得张爱玲很唯美很浪漫很小资，其实这都是表面现象。张爱玲她缺少"情"这个东西，她通过阅读言情小说来获得"情"的满足。张爱玲

出身于大家族，从那个败落的大家族中走出来的这么一个女作家，她的内心是比较绝望的。其实鲁迅也是绝望的，我们看鲁迅的作品也是非常黑暗。鲁迅曾经说过一句话，说他的作品不适合青少年看，说三十岁以前的人看不懂他的作品，鲁迅也不主张自己的作品进入中学教材，他说年轻人还做着美丽的梦，不要看这么黑暗的小说。把人性撕开让你看里面黑暗的东西，不是所有人都能接受的。所以鲁迅也是救自己、救人类，然后呐喊去救救孩子。因为鲁迅是男人，张爱玲是女人，对女人的要求不能像男人一样。

实际上很多优秀的女性小说家，都是写爱情的高手，一涉及到社会历史领域一般都不太擅长，像杜拉斯也写情，因为女人天生感情比较丰富，让她去写宏大的像《战争与和平》这样的小说，确实也勉为其难。所以张爱玲作为女性，她从女性的角度对人类的某些阴暗的东西，对人性中某些东西，做了深入思考。至于对时代的大问题，她其实看不到的，而且可能也不想去看。鲁迅毕竟是男人的眼睛，在以男人的视角看一些东西，那和张爱玲通过女性的视角看待东西肯定是有区别的。某些层面上女性对于一个问题的敏感性更强一些，她会像钉子一样扎得很深，而男作家往往看得很宽，但是往往是表面，像鲁迅这般深刻的也很少，比如茅盾，就做不到。所以从这个角度来说，张爱玲作为女性有她的优缺点，当然我们现在可以说她和汉奸结婚，没有爱国主义情怀，是吧？你可以这样批评她，但是每个人都有每个人的局限，张爱玲她确实没能力去救国，她的小说就写到，一九四五年抗战快结束了，她还希望战争继续下去。她关注的是小我的感情体验，她要的就是那份相守的爱情，她不会考虑到宏大的民族大义，国家兴亡。

所以胡兰成被通缉，潜逃到浙江温州，张爱玲还千里寻夫，去以后才发现人家已经和一个寡妇同居了。但张爱玲仍然不弃不离，还给了他很多钱，所以这里能看出来张爱玲的那种可以说宽容，或者说没有是非观。这也是她自己一些不能解决的问题。她的童年受到了父母亲的虐待，父亲的殴打，然后一生没有个知己，没有人爱她，她突然碰见胡兰成这样一个知己，就像人掉在水里抓到救命稻草，所以在这个时候，我们要对张爱玲宽容一点，就是说这么个弱女子连自己都救不了，就没有必要苛求她去抗日爱国。说到胡兰成和张爱玲的关系。我在文章中多次提到，说这不是个普通的夫妻关系，他们是精神知己。作家，尤其一个女作家写出好小说以后，没人懂得，那是很荒凉的。你看萧红为什么那么惨？就因为萧红旁边的男人，除了鲁迅之外没人懂她，这是萧红无法忍受的。比如说萧军、骆宾基这些人，他们就觉得萧红不是好作家。萧军当面就说，萧红那叫什么小说呀，对于作家来说，萧红是非常伤心和绝望的。自己的创作得不到同行的认可，尤其还有萧军肉体上的摧残和灵魂上的折磨。当萧红的文学创作得到了鲁迅的认可，在这里她实际得到了父亲般的温暖。她后来写了个长散文，深情地回忆了鲁迅先生的笑。她一直在回忆鲁迅，没有鲁迅萧红写不出《呼兰河传》。你看她的《生死场》和《呼兰河传》艺术差别很大。所以认识鲁迅和鲁迅交流,让萧红这个天才打开了自己,后来写出了自己非常杰出的小说《呼兰河传》。但是由于当时那个革命的年代,大家都很革命,萧军这些人,他们根本看不到萧红伟大的地方,也不认可萧红的小说,这种伤害对一个女作家来说那比肉体的伤害更严重。丈夫家暴对一个女作家来说其实不算很伤心的事,但自己的小说创作没有被人认可,这个伤害是非常大的。据说萧红在香港也是死不瞑目,后来我们看电影,萧红其实演得很苍白。但张爱玲为啥就比较幸福呢,因为她遇到了一个男人。胡兰成很懂她,张爱玲就说了一句话:"因为懂得,所以慈悲。"因为你懂我的小说所以我可以对你很宽容。当张爱玲在上海沦陷区第一次发表小说的时候,是胡兰成看见后很惊异,说,还有人写这么好的小说,就去拜访她。

张爱玲开始不见,张爱玲也很孤独,不愿见人,他就从门缝扔了个纸条进去。后来张爱玲主动回访他,到家去,聊了几个小时,为什么呢? 因为这个人懂她的小说。不但懂,胡兰成的国学还非常好,胡兰成有些话能够激发张爱玲的创作灵感。她为什么一直挂念胡兰成? 就是这个原因。后来傅雷写文章批评张爱玲,张爱玲为啥不服气,就是说你的批评不是没道理,但是你没到我的位子上来,你那个只是个很宏大的叙事,说我的小说这儿哪儿,她也承认批评的对,但是为啥她不能接受,就是你是两条道儿上的东西,你没有真正懂我的小说。傅雷是个黑白分明的人,而文学创作不需要黑白分明,灰色地带往往会出现很多东西。当然张爱玲后来一段时间也恨胡兰成。

大多数人都好像觉得张爱玲很可怜,什么晚年生活拮据,活得不如狗,其实这也是对张爱玲一种误读。对张爱玲这样的人来说,她就想自己的人生,她不适合或者喜欢那种公众场合,高朋满座的,她不是那种。所以宋以朗在写《宋家客厅》的时候就说,我们这些人就适合一个人生活,不需要家庭不需要孩子,你怎么说我们活得不幸福? 这就是一些作家的生活方式,而且我们对张爱玲这样的人不能从政治上去苛求她。有些人的爱国是上战场,有些人的爱国是搞学术研究。那么现在过去了多少年,张爱玲给我们留下了那么多优秀的小说,也被翻译成各国语言,她其实也是爱国的,你不能要求她上战场去写一些宣传的材料。有学者说,母语就是祖国。我很喜欢这句话。

我只是一个作家

电影《黄金时代》上映以后,让观众对萧红产生了很多的误解。那个电影其实很差的,说萧红把自己生的孩子卖给别人,其实这也是一种别人的回忆,是不是真实的历史我们只能存疑。她第一个孩子在医院生了之后送人,是因为当时她的情况太恶劣。第二个在重庆生的孩子后来不见了,旁人就回忆说是萧红掐死的。但其实这没证据。电影里把这种回忆用独白的形式表达出来,让人感觉萧红是个冷酷无情的人,所以这种表演是有问题的。包括萧军，在和萧红分开了之后，电视上有画外音说，萧红后来和端木蕻良结婚了，又和骆宾基不清楚，后来又死在香港。接着说萧军在兰州找了王德凤，后来晚年生活过得很幸福，生了很多孩子。其实这种叙述是有问题的。首先我们知道萧军这个人对萧红伤害是很大的，第一个是他有家暴，经常在家打萧红，脸上打得青青的，另一个刚才说了他不理解萧红，经常对作家身份的萧红进行羞辱。

萧军觉得他比萧红强。其实他比萧红差远了。萧军在感情上经常出轨，与很多女性有过婚外恋，这对萧红的伤害是很大的，比如和黄源的妻子。后来萧红离开萧军其实也有很多综合原因。萧红离开萧军我觉得更多的责任在萧军。后来萧军跑到兰州和兰州姑娘，十八岁的王德芬结婚，其实王德芬的父亲坚决不同意，但萧军又一番死追，耍流氓，甚至强迫女方家人。后来，萧军住到北京的朋友家里，又和朋友上大学的女儿发生了性关系，还怀孕生下了孩子。最后他的这个女儿写了文章回忆父亲，所以从某种意义上说，萧军是个不负责任的男人。电影这后续的故事都没讲，就说萧红跟了端木蕻良。

电影这种有选择的叙述和遮掩，其实对萧红有所羞辱，有意拿萧红朋友的回忆来叙述萧红，这是不正当的。关于革命，萧红和萧军的选择是不一样的。萧红选择个体的作家，萧军走上了延安。其实萧军不是个好作家，他也创作不出什么好的东西。我后来看他的《延安日记》，强烈感觉到这个人人品上、人格上是不健全的。他在对人生、对人性和对艺术的认知上和萧红差得太远了。现在我们想起萧军就只想到他和萧红的关系，萧军写过什么东西大家其实没有兴趣。但是我们一说萧红的话，也会说萧红有很多男人，和很多男人有暧昧的关系。其实，这都很无聊。萧红的《呼兰河传》，还有她的很多散文都非常优秀，所以萧红的文学地位会越来越高。像美国著名的评论家夏志清对萧红的评价就很高，他觉得当年自己写中国现代小说史的时候没有看到萧红的作品，觉得自己疏忽了萧红，有点儿后悔，他一直在研究萧红。萧红这个作家，她和张爱玲不太一样，但也非常优秀。张爱玲出生于大家庭，这点她能和鲁迅比一下，她有那个底气。萧红出生在小县城，同样所受的教育也比较差。

如果萧红没有什么天才的话，嫁给那个未婚夫，在县城生活，做个普通的贤妻良母也很幸福。但是萧红是有才的，她不愿意过这种平淡的生活，她要实现自己的人生价值、社会价值，她要写作，所以她一直在逃亡，一直在逃亡。其实在那个乱世，这么个女子从小县城出来一直逃亡逃亡，最后变成一个非常优秀的作家，也很伟大。至于她的过程中出现了什么问题，我们不用过多的渲染，她和那几个男的恩爱情仇，你看萧红其实都是被动的，其实她最后都被这些男人伤害了。

有关萧红早期的这段经历，现在其实都是个谜，也说不清楚。因为那时很多档案都没留下来。至于她早期的那个男朋友汪恩甲说是抛弃她走了，其实现在看也不能完全说抛弃，因为这个小伙子后来也下落不明。也有可能这个小伙子在离开萧红，回家取钱的过程中被人打死了或者发生什么意外啦。所以说萧红早期也是一团谜。那个地方没当事人，当事人也是很下层的人，没有人去记载那些东西，所以我们只能存疑。现在有些学者就无视这些，自由地发挥，说出来的很多话，是很不负责的。就像鲁迅和他弟弟周作人失和，为什么失和，现在谁都不知道，当时的知情者也都去世了，又没有留下任何资料。所以你在这上面再不要发挥想象了。就像有些人说，鲁迅因为偷看弟媳妇洗澡，或者说鲁迅在日本就和弟媳妇同居了，后来又送给了周作人，这都是很不负责任的话。我甚至觉得这些学者很无耻。所以作为学者说话你要有证据，就像法庭断案一样，你说人家杀人了，你要拿出证据。生活非常复杂，你当时可能只看到某一点。我觉得作为学者，或者评论家一定要慎重。她逃出来回头为什么又和汪恩甲同居呢？其实也能理解，也是受生活所迫，她早年逃出来是想去北京学习，想上大学，但是你一个弱女子，那是个什么样的时代，不像现在。在女人基本上就没有什么出路的时代，你跑出去，人要生活要吃饭。汪恩甲人也不错，她最后流落到哈尔滨，当然日子过得非常艰难，是他把她接到了旅馆，这都可以理解。作为下层人，可以说在死亡的边缘吧，她那些所作所为我们要宽容，要宽恕，那不像我们现在拿着工资，有房子住，没有后顾之忧。我们可以为自己的选择负责，但对那个人，有过下层那么艰难的挣扎后，她的那个选择，即便是真实的我们也应该宽容，因为那个时候人只能像动物一样，先要生存，你不能给予她很高的道德要求，道德要求是对一些基本生活有保障的人。

对一些没有生活保障的人，你给他进行道德要求有些不现实。就像我们对一些下层的、生活艰难的作家不要太刻薄，只用只字片语和一些不确凿的材料来侮辱、诋毁或者说来解构萧红其实都是不严肃的。她能够撕开人性，撕开自己，直面人性，写出里面黑暗的东西，也写出了黑暗后面温暖的东西，就已经很伟大了。我们还要求什么呢？

2016年11月29日改定于兰州黄河之滨幽篁轩

论直派批评、诶派批评
——从杨光祖说开去

李建军

（中国社会科学院文学研究所）

在当代批评家中，有个性且敢说真话的人，似乎并不很多。"著书都为稻粱谋"，有些人搞批评，似乎纯粹就是为了"唻饭"，至于意义世界的事情，他们并不十分措意和关怀。这些批评家所写的文章，大都具有单一的模式化倾向，数十年间，几十篇中，写作的风格和态度，变化一般不会太大，所以，略读两篇即可知其全貌。

然而，杨光祖的批评文集《回到文学现场——关于当代文学的研究》（中国社会科学出版社，2016年），却吸引我细细地读完了全书。此书很集中地彰显着作者的个性、才华、文学理念和批评风格。我从其中看到了"直"，看到了一种很可宝贵的文学精神。在西部的屈指可数的几个"直派"批评家中，杨光祖无疑是特立秀出的佼佼者。

从批评伦理的角度看，杨光祖的批评具有正直、坦率和诚实的品质。他强调"精神工作"的道德感，反对欺骗、说谎和"把真理当商品"。在自己的文章中，他多次引用过孔子的一句话——"吾谁欺？欺天乎？"他还曾写过一篇近乎宣言书的文章——《文学批评要讲真话》。在这篇文章里，他提出了文学批评的"底线伦理"这一概念，认为"文学批评家的天职就是说真话"。他尖锐地表达了对当代文学批评的失望和不满：他批评现在的批评家"缺乏独立品格"，"突破底线，丧失了批评的基本伦理诉求，因为一些文学之外的因素而不敢说真话"。

由于坚守正道和直道，所以，在杨光祖的批评文章中，你就很少看见言不由衷的夸赞、不着边际的妄断和投其所好的逢迎。在他的批评文字里,你可以清晰地看见作者自己的真诚态度和坦率性格。真诚意味着发现问题和直面问题。在一个乱象纷呈的转型时代,批评家的首要任务,就是拿出眼光和勇气,敏锐地发现问题,坦率地指出问题,深刻地分析问题,从而对自己时代文学的成长和成熟,提供积极的"支援意识"。杨光祖就敏锐地发现了一些容易被人们忽略的严重问题。

恶俗是当代文学叙事中极为常见的严重问题,也是杨光祖特别着力解剖的一个文学病象;在批评这一现象的时候,他的正直和坦率,他的学识和才华,都表现得可圈可点,令人无法不击节称赏。长期以来,由于很多批评家无原则的赞赏和辩护,由于市场的接纳和鼓励,甚至,由于文学体制的纵容和奖赏,文学中的那些可怕的恶俗,获得了极大的"合法性"空间。这就造成了这样一种严重的后果:那些获得声望资源和市场认同的作家,继续肆无忌惮地以粗俗方式写作,而读者也对这种羞辱自己尊严和智商的粗俗也见怪不怪,习以为常。

作为批评家,杨光祖身上最可宝贵的品质,就是"直"。他清醒地与那种煞有介事而又华而不实的"学院派"批评保持距离。他在解读作品的时候,严格根据自己的具体感受和作品的具体事象,来展开分析,来进行判断,绝无大而无当、言不及义的"话语空转",也很少感染随意概括、妄下雌黄的流行病。

杨光祖读书多,学养好,但从不卖弄知识,或者故意把文章写得云里雾里,以显示自己的博雅和高深。他坚持用清楚明白的语言,甚至近乎口语的家常话,来表达自己对作家和作品的感受和评价。杨光祖的批评属于处处有我的个性化批评。他运情入文,始终在说自己的话,阐述自己的感受和认识。在他的文字里,总能感到他作为"我"的个性化存在,总是能感受到一种沛沛然的激情和正气。

在我看来,真正的文学批评,应该充满绿色的生机,应该散发出火的光热。这就意味着文学批评也是一种挑战人的才华和创造力的文体,而好的批评家其实也应该是一个好的作家。所以,将批评文章写得枯燥乏味就是严重的失职,其罪错一点儿也不比判断失误和识见浅薄为轻。

在精神上,杨光祖的文章体现出的是"直派批评"的风骨,但是,在文情笔意上,他的文字也不失妩媚和可爱。很多时候,我们从杨光祖的批评文章里,看到了散文的潇洒风致。"刚健含婀娜",用苏轼《次韵子由论书》里的这句话,来描述杨光祖的批评风格,大体上也是适合的。

我想凭依着杨光祖这里所得来的启示,更深入地考察以下"直"的意义与"直派批评"的特点。

关于文学批评,人们可以从国别、民族、时代、地域、方法、立场、学科、性别、年龄等方面,区分出五花八门的类别和流派来。然而,迄今为止,似乎还没有人从批评家的人格和德性的角度,分析并提领出"直派批评"和"谀派批评"这两个概念。

在我的理解中，文学批评首先是一种求真的活动。一个合格的批评家，要尽可能说真话，要为读者提供符合事实或接近事实的判断。这就要求批评家不仅要有良好的审美能力和思想能力，而且还要有坦率、正直、勇敢的品质和德性，否则，他就有可能知而不言，或者言不由衷，以至于以歪曲的形式来表达自己的感受和思考。也就是说，批评家一定要克服患得患失的恐惧心理，努力摆脱外部的压力和内心的怯懦，以真诚的态度和真实的表达，来陈述自己对作品的感受、认知和评价。所谓"直派批评"，就是指这种正直、坦率而又尊重事实、忠诚于自我感受的批评，就是指这种及物的、触及真问题的、敢于尖锐质疑的批评。

与"直派批评"构成尖锐对照的，是"谀派批评"（也可叫它"曲派批评"）。这是一种投其所好、唯利是图、曲学阿世的批评，是一种唯唯诺诺、闪烁其词、言不及义的批评，是一种缺乏求真热情、质疑能力和否定勇气的批评，也是一种无原则地为被批评者的"合理性"与"完美性"进行辩护的批评。

关于"谀"，许慎在《说文》中这样解释："谀，谄也。"《庄子·渔夫》说："不择是非而言谓之谀。"《荀子·修身》说："以不善和人者谓之谀。"在《说苑·臣术》里，刘向则从批评者与最高统治者关系的角度，来界定"谀"的性质："从命病君谓之谀。"如此说来，所谓"谀"者，实在是一个脏污的泥潭，一旦堕入其中，其人必沦为巧言善色的佞人，其评必沦为附意顺旨的谀评。

当然，在"直派批评"与"谀派批评"之间，还有其他样态的批评。这些批评，类别繁杂，或许可以笼统地称之为"中性批评"，从很多方面来看，这种批评中的相当一部分，都具有不温不火、不咸不淡甚至不疼不痒的"中性"特点。所谓"学院派批评"中的一小部分，拿着上书"赞赞赞"字样的投名状，入了"谀派批评"的伙，而其中的大部分，则徇徇然站到了"中性批评"的旗帜下，他们按照"核心期刊"提供的学术规范，埋下头来，一板一眼地做文章，态度算得上严谨，材料亦可谓翔实，但是，缺乏个性、趣味和见解，使人读之，昏昏然欲睡。

那么，"直"到底是一个什么样的概念？它有着什么样的文化内涵和道德意味？为什么"直派批评"的处境总是那么艰难呢？

中国自古就崇尚直言。即使在抒情性的诗歌中，直言无隐的尖锐批评，也是常见的事情。顾炎武说："诗之为教，虽主于温柔敦厚，然亦有直斥其人而不讳者。"（《日知录》卷十九）而唐代诗歌的繁荣，则与时代的宽容和诗人的亢直，有着很大的关系，就像宋人洪迈所说的那样："唐人歌诗，其于先世及当时事，直辞咏寄，略无避讳。至宫禁壁昵，非外间所应知者，皆反复极言，而上之人亦不以为罪。"（《容斋续笔卷第二·唐诗无避讳》）而从历史批评和政治批评的角度看，直斥而不讳的传统，虽然屡遭压制和摧锄，但也压而不垮，摧而不毁，绳绳相继，至今未艾。司马迁应该算是第一个纯粹意义上的"直派批评家"，班固说他"其言直"，实在是一个很切实的判断。

在中国的道德哲学中,"直"是一个非常重要的范畴。它基于诚和信,是一个与正和义相近的概念。一个以直为原则的人,就是将诚信和道义看得很重的人,就是所谓的"直人"。《管子·心术上》里说:"大道可安而不可说,直人之言,不义不顾,不出于口,不见于色,四海之人,又孰知其则。"孔子说:"自古皆有死,民无信不立。"其实,那后一句,也可以改为"民无直不立"。直与枉相对。枉即邪曲,是一种很坏的德性。孔子曾多次论及"直枉"问题。在他看来,直不仅是一种美好的德性,而且还会带来积极的效果:"人之生也直,枉之生也幸而免。"(《论语·雍也》)他赞赏卫国大夫史鱼在政治上所表现出来的直的德行,"直哉史鱼! 邦有道,如矢;邦无道,如矢。"(《论语·卫灵公》)他相信"直"的道德感化力和社会影响力:"举直错诸枉,能使枉者直"(《论语·颜渊》),同时,也只有"举直错诸枉,则民服"(《论语·为政》)。孔子在《论语·卫灵公》中说:"吾之于人也,谁毁谁誉? 如有所誉者,其有所试矣。斯民也! 三代之所以直道而行也。"在他看来,在自己的时代,能"直道而行"的人,并不是很多。

事实上,在任何一个时代,行直道和做直人,都是很艰难的事情。古人不云乎:"直如弦,死道边;曲如钩,反封侯。"《后汉书·黄琼传》里说:"峣峣者易缺,皦皦者易污。"刘知几在《史通·直书》中也说:"夫人秉五常,士兼百行,邪正有别,曲直不同。若邪曲者,人之所贱,而小人之道也;正直者,人之所贵,而君子之德也。"他提出了"直书"与"曲笔"两个概念。从责任伦理的角度讲,无论什么人的恶德和劣迹,历史学家都要以"直书"的方式,照直写下来。然而,在有的时候,"直书"实在是很危险的:"夫为于可为之时则从,为于不可为之时则凶。"所谓"可为之时",就是遇到了仁君当政的时代,说话比较自由,"能成其良直,擅名今古",又不至于被杀头;所谓"不可为之时",就是生活在暴君当政的时代,以言获罪,动辄得咎,"或身膏斧钺,取笑当时;或书填坑窖,无闻后代",这就很悲惨了。不幸的是,几千年来,正直的史学家和批评家所遭遇到的,大都是很触霉头的时代,而"身膏斧钺,取笑当时",也就成了他们难逃的劫数。尽管如此,刘知几还是赞美这种直书的精神:"盖烈士徇名,壮夫重气,宁为兰摧玉折,不作瓦砾长存。"在他看来,仗义直书、不避强御、肆情奋笔、无所阿容,这虽然会给自己带来麻烦甚至灾祸,但却是值得赞美的伟大精神和不朽功德,所谓"虽周身之防有所不足,而遗芳余烈,人到于今称之"。

那么,有没有一种既可以说自己想说的话,又不至于掉脑袋的一举两全的好办法呢?"古来唯闻以直笔见诛,不闻以曲笔获罪"(《史通·曲笔》),于是,一些聪明的人,便发明出了"曲笔"的书写策略。本来,刘知几讨厌一切首鼠两端的滑头做派,毫不宽假地反对一切任性而不诚实的书写方式,用他自己的话说,就是"用舍由乎臆说,威福行乎笔端,斯乃作者之丑行,人伦所同疾也"。但是,他也理解人们用"曲笔"的无奈和苦衷,所以,在《史通·曲笔》里,他就站到君臣父子的立场,替"曲笔"做起了辩护:"肇有人伦,是称家国。父父子子,君君臣臣,亲疏既辨,等差有别。盖'子为父隐,直在其中',

《论语》之顺也;略外别内,掩恶扬善,《春秋》之义也。"由于有"亲疏"和"贵贱"之别,所以,"史氏有事涉君亲,必言多隐讳,虽直道不足,而名教存焉"。刘知几的这些观点,其来有自,显然是对孔子的"父为子隐,子为父隐,直在其中"的引申和发挥。

从现代法律的角度看,孔子的父子互隐之说,是既合乎情理,也合乎法理的。但是,从社会批评和文学批评的角度看,为所谓"等差有别"的"隐"作辩护,就是一件很不合理且非常危险的事情,因为,它这是为历史学家和批评家的撒谎和作假,找了一个冠冕堂皇的借口,找了一条心安理得的退路。事实上,无论对历史叙事来讲,还是对文学批评来说,除了修辞性的"曲笔",任何着眼于权力和身份的伦理性质的"曲笔",任何以"善良动机"为说辞的"曲笔"和"谀言"——所谓"曲笔阿时",所谓"谀言媚主"——都是不允许的,都是可耻的。

客观上讲,"直"虽然是一种美好的德性和重要的价值,会带来正确的认知和良好的道德效果,但是,它又意味着否定和冒犯,会给批评者带来很大的麻烦,使他成为众矢之的甚至"人民公敌",人人必欲杀之而后快。嵇康在《与山巨源绝交书》中说:"吾直性狭中,多所不堪,偶与足下相知耳。"一个"不堪",一个"偶与",就足以说明"直性"会给自己带来多大的麻烦,多么难以为人所理解和接受。谁若立志行直道而说真话,谁就难免要与一些人发生利益上的冲突,甚至要与"恶直丑正"的不良社会风气发生冲突。这无疑是一件很考验人的勇气和承受力的事情。正因为这样,清人包世臣才在《答萧牧生书》中感叹说:"直道不行久矣";赵翼才在谈"《宋书》书法"的时候说:"《宋书》书法,全多回护忌讳而少直笔也。"(《陔余丛考》卷六)

事实上,直到今天,古人所说的"全多回护忌讳而少直笔",也是极为常见的事情。就文学批评方面来看,情况似乎更加严重,很多时候,它已经不再是一种独立而高贵的文化行为,而是沦为缺乏自由精神和尊严感的"谀评",甚至沦为一种纯粹的寄生性的现象。我们的一些批评家,接受黑格尔的"存在即合理"哲学,接受他者的"社会订货",用一套永远不变的话语模式——诸如"高峰"、"巅峰"、"杰作"、"奇书"、"极品"、"经典"、"完美"、"辉煌"、"天才"、"震撼"甚至"地震"等来赞美一部并不成熟甚至完全失败的作品。这种批评的根本特点就是"谀"和"谄",就是"不诚实"和"不坦率",就是缺乏对事实的尊重和对真理的敬畏。那些"谀派批评"应该清醒地认识到这样一点:任何为了某种外在的目的而故意歪曲事实的判断和表达,都是对批评的道德原则的背叛,都是不负责任的失职行为。

我们需要态度亢直而坚正的"直派批评",需要更多的杨光祖这样的"直派批评家"。因为,中国文学倘若想健康地发展,若想造成良好的文学风气,就不能没有这种奉"求真"为绝对原则的批评,就不能没有这样一批正直、坦率而负责任的正道知性的文学批评家。

文浸丹青意悠长
——伍立杨山水画序

洪厚甜

伍立杨近照

伍立杨简介:

　　号浮沤堂主。曾长期任《人民日报》社记者,主任编辑。出版文学、史学著作近三十种。中国作家协会会员。海南省第五届政协委员,第四届省作家协会副主席。书宗汉魏遗风,尤喜广武将军碑及龙门造像等。山水宗法元明诸贤。既喜简淡枯远之美,也追慕深邃而朗润的美质,于近现代尤重黄宾虹刚柔相济、万山华滋的艺术风格。习画凡三十年,花鸟用笔灵活,生趣盎然;近年多作山水小品,尺幅兴波,气势不减;画风深蔚含蓄,墨韵尤显悠远意致,作品多为艺术界名家及文化界同道收藏。曾在嘉峪关、宁波、西昌等地举办过个展。现供职于四川省作家协会。

伍立杨作品

中国绘画艺术因为文人的涉足参与，而使其文化品格有了质的飞跃。

识伍立杨先生经年，先生初以文思深邃、文笔清新雅致的随笔散文驰骋文坛，近又于民国史勾沉抉微，所著视野开阔、视角独特，卓然特立于学界。与先生交往数年间，知先生于文学之外，对书画艺术的鉴赏，有敏锐的眼光和独到的识见，所写数篇关于书画家的文章中，对书画家及其作品的品评，精当到位，令人信服。推想其学养到则自能触类旁通。

近接朋友转来立杨先生山水画作一批，着实让我意外。与立杨先生接触，从文章到现实让人感受到其个性鲜明、文思敏捷、思接千载，从容自在而豁达。不意，先生之画作亦笔墨流走、应景生势、随兴生发，一派生机，俨然是专业相。在我交往的文坛朋友中，有此雅兴者甚夥，但皆以几笔草虫兰竹逸笔寄兴，能涉足山水画者寥寥。想先生潜心画道颇有时日。

立杨先生川籍人，求学于南方，又长年工作生活在海南，其画中笔墨却未受岭南画风影响，而径取江南新安画派笔墨法意。新安画派引领中国画数百年朝流，从渐江到黄宾虹一大批画坛俊杰，皆为后世景仰。简淡高古、秀逸清雅的画风，深刻地影响了近现代中国画坛。足见立杨先生宏阔的视野和独特的眼光。

观先生诸画作有揽胜之慨，《对青山依绿水》萧散、荒疏而旷远；《水墨小品组画》随意点染、神采焕然，浓淡叠染之间意味深长，有宾虹老遗韵；《林静藏烟云》用淋漓的笔墨写川西山谷的云遮雾障，耐人寻味；《鲍当诗意》又笔墨沉雄，苍苍莽莽，气势感人。多年来，我一直囿于书法，于丹青无涉，本不敢妄言，遇先生笔墨实情不自禁。

绘画艺术自唐王维开先河，宋

伍立杨作品

伍立杨作品

伍立杨作品

之苏、米以降,文人书家多涉丹青,明清尤甚。以笔墨寄情写性,让心境、文境寓于画境,把画工之为升华为载道之器,绘事由此更兴。立杨先生以深厚学养涉丹青之娱,养心冶性,其境必高,韵必长,而兴也无竟。

于净堂灯下

作者简介:

洪厚甜,1963年出生于四川什邡,号净堂。职业书法家。现为中国书法家协会理事,中国书法家协会楷书委员会委员,中国书法家协会培训中心教授,中国教育学会书法教育专业委员会常务理事。清华大学导师工作室导师,华东师范大学书法教育与心理研究中心研究员,西安培华学院教授。四川省书协副主席,四川省政协书画研究院秘书长。

伍立杨作品

闲读《兰亭》说"癸丑"

文/张文翰

张文翰近照

　　书法是中国传统文化中独特而又核心的一门"艺术大法"。被誉为"天下第一行书"的《兰亭序》又叫《禊帖》，在中国书法文化史上就像一座高不可攀的"书塔"，耸立在东方文化天空中，永远闪烁着中国文化经典之光芒，历来受到人们的瞩目，不仅有着睿智的传统文化思想，而且有着中国艺术的精神境界。因而，"天下第一"应该是"古今书法文化世界"中的"第一"，并不仅仅局限于行书中的"第一"。

　　就一幅《兰亭序》而言，恐怕一个人一辈子只能"尝鼎一脔"吧，或者，一门兰亭文化，甚至，所有爱好和研究兰亭的人们都有着永远解不开的密码与疑案，并不在于其神话般传说，主要表现在其书法文化方面的博大与精深，值得人们探索与领悟。笔者

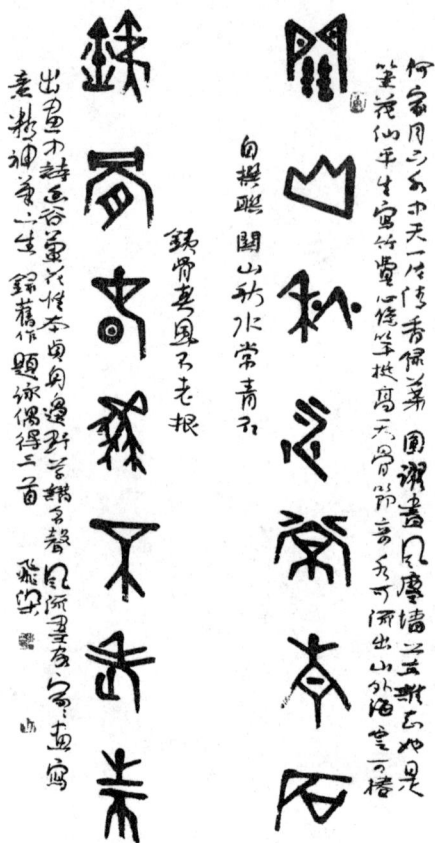

张文翰作品

闲来喜好品读冯承素的摹本《兰亭序》及别的临摹版本，在"神龙本"中明显有一些加补、直改、涂抹、涂改、填改（字、词）的笔迹，而在其它的临摹，临仿作品中也有这样类似的遗痕，慢慢品赏来，不禁让人伏案沉思！

对于一幅书法作品来说，这种"涂（抹去）乙（勾画）"的方法，在古人的艺术手札中常常存在，属于一种不合理的合理，不正常的正常，"改动涂乙"往往会有一种意想不到的艺术效果。任何一幅艺术作品就从来没有纯粹的完美，都是"美中不足之美"的体现。再绝妙的书法墨宝都是此时此地的"人"写出的，从来就没有什么神仙能写出的。那只不过是一个人对其艺术作品的溢美，十分欣赏作者人艺的观止，"跨文化，跨时代，跨地域"的审美鉴赏心理的崇拜而已。神仙、鬼才等往往在历史中才能出现，在活着的人中笔者从来不相信像神仙一样写出带着"传奇色彩"的书法，固然，人外有人的说法，笔者特别尊服。对于《兰亭序》来说，会给人一种潜移默化的神化感，而不能过于的神化，太神化了就是一种迷信了，在人文科学发展的今天，为了全面提高学术研究质素，保证文化成果的高质量，学术研究始终要面对现实，从真求正，遵循历史的客观规律，一切从实际出发。

在"百家争鸣"的文化氛围中，我们都有责任去研究兰亭文化，向世界各地弘扬兰亭精神。研究某一门学问，光不是体现一个人的治学精神，主要的是为人类文明事业贡献一份心力，托起中国精神文明的地位，向世界文化中的第一流迈进，从无私情，永有博爱，这才是一位学人真正长存的风范。

《孟子·离娄上》中说得好，"是故诚者，天之道也；思诚（之）者，人之道也"。这句话的后半句，同样适合于学术研究的人，文学往往有骗人的成分，而学术中要做到一丝不苟，就是要"诚一"于文化，即"人之道也"，"文化之道也"。若从右往左观《兰亭序》的文字，明显有以下这样的几种"改动涂乙"情况：

36

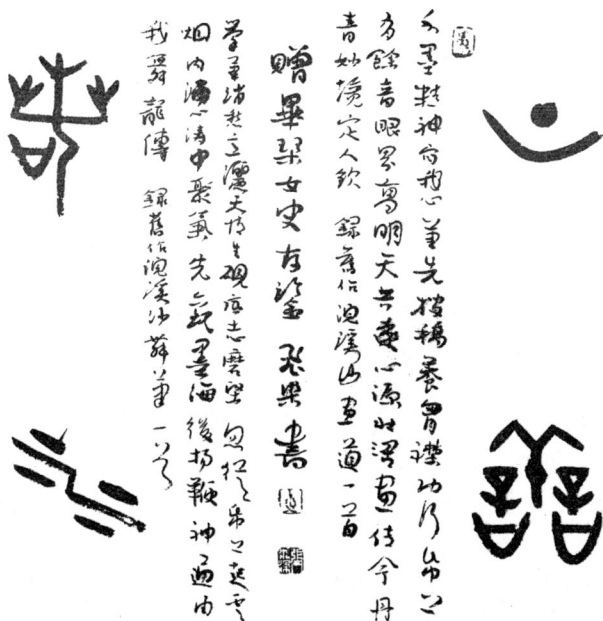

张文翰作品

1.加补的词（为了文章言辞通顺，而在书法行字的旁边直接加填缺少的字、词）：如第四行中的"峻"字右边的"崇山"二字。

2.直改的字（将"甲"直接改成"乙"）：如第十三行中"因寄所托"的"因"字，第十七行中"向之所欣"的"向之"二字，第二十一行中"岂不痛哉"的"痛"字，第二十五行中"悲夫"的"夫"字。

3.涂抹的字（加重笔墨，一抹而去，视为文章中无用的文字成分，但不能脱离纸面，获得一种更"真"的效果）：如第二十五行中"昔"与"悲"之间涂抹的墨迹部分。

4.涂改的字（将原来错别的字迹涂掉，不符合作字行文的文脉、文义的原字迹改成合适需要的字迹）：如第二十八行中末尾的"文"字。

5. 填改的字（将两字之间加添或改正的字、词）：如第一行中"在"与"暮"之间的"癸丑"二字。

文章在"改动涂乙"的范围类，重在试说《兰亭序》中的"癸丑"二字：

红学家周汝昌先生在《〈兰亭序〉之秘》中说：

第一行"癸丑"二字，"丑"特显得横长竖扁，而"癸"字又特小，似夹于"在"、"丑"之间。此为何故？人不言也。

那情形很显然：王右军在这年落笔为文，正式纪岁用干支，这是首次（三月初三），而上一年写的干支是"壬子",已经有点儿习惯了,所以一笔落就又写了一个"壬",未及写"子",已悟这已不对了,可是这才是开头的第几个字,便要涂去,太难看,遂生一计,将"壬"描"丑",在再上边添一"癸"字

其实,周先生的"人不言也",郭沫若先生在1965年发表的《由王谢墓志的出土论到〈兰亭序〉的真伪》中早已说过,只是没有说清楚"丑"由谁开始填改而来,也没有说明具体把哪一个字改成了"丑"字,在郭先生的在文章中写道:

"癸丑"这两个字是填补进去的,属文者记不起当年的干支,留下空白待填。但留的空白只能容纳一个字的光景,因此填补上去的"癸丑"二字比较扁平紧接,"丑"字并且还经过添改。

后来当代学者祁小春先生在《小议〈兰亭序〉中改动涂乙现象》这样写道:

……其次,《兰亭序》也不应该是清定稿。因为其中还有多处改动涂乙的痕迹,所以,只有视之为誊正稿才合情理。……但问题是,其中"癸丑"二字的情况异常还是无从解释,观《兰亭序》首行"癸丑"二字,明显是先空出而后补书的。

从《兰亭序》的文字的内容风格看,属于典雅清新的一篇序言;从字面书迹来看,从容清洁,不是匆忙的改动涂乙,而是很认真的改动涂乙有关文字,没有大起大落夸张似的涂改,而是很自然地笔墨点缀。倘若是雅集作序,一定会在字里行间,文言修辞方面有很多失误的。那一天,就算王羲之不饮一杯酒,也是没有"空且静"的时刻写就序言的,再说那样的集会,一定是有"酒礼"的,不可能喝得过量。集会是一种民俗活动,饮酒赋诗更是一种寄情于高尚文明的方式。

古人云:"……饮一石不乱,此哲人之饮也。"黄周星在《酒社刍言》还说:"饮酒者,乃学问之事,非饮食之事也。"何况王羲之有"书圣"之称,酒心、诗心、文心融于笔端,自然就会流淌书法的,酒后吟诗闲问道,茶余赏月静观禅。这样的环境才能叫"兰亭雅集、酒会、诗会"。

王羲之承蒙作序,最起码要读一读参加集会的其他人写出关于"修禊"活动的即兴诗歌吧,读后才能写序言,才是比较合乎常情的事儿。序言一般是写在著作正文之前的一种文体,说明写书的宗旨、经过,或介绍评论本书的内容。不可能对着兰亭集会立刻作序的。在文学价值中,算不上一篇最上乘的散文,《兰亭序》重在书法文化地位远远高于其在文学中地位。纯粹是为了文学的价值,王羲之一定以小楷作诗序的,诚然,在书法上体现感情的点画多一点,显得更自由轻松一点,适合"修禊"这种活动。于是,祁先生的"誊征稿"说法很有道理。但是,祁先生没有明确提出"丑"改动的来龙去脉。谨引用他撰写的一段文字里的话说:

诚然,《兰亭序》真伪问题十分复杂,亦非"癸丑"两字能定谳者,但通过草稿、誊征稿的讨论,毕竟留下了一段令人思考的空间,质之大贤,或许能有更多的发现。

当代学者毛万宝先生撰写的《〈兰亭序〉创作真相新辨》一文中也对癸丑的"丑"

字,提出了独特的见解:

"暮"字写到草字头的第三笔时,他才忽然发现"癸丑"二字漏抄,虑及后面的还要进行修改,于是就在刚写出的"暮"字草字头前三笔(笔顺应为先左短横、左短竖,在右短横。下面重写之"暮"字草字头,笔势依旧,但笔画形状已微作改变,如把第一笔稍拉长、第三笔又稍缩短)上"就改"出了"丑"字(尚留有"就改"和"就改"不彻底的痕迹),并随之在"丑"字上添加一个扁扁的"癸"字。

张文翰作品

若从放大的"丑"字的笔画空白来看,"丑"字两竖处于"斜平行状态(∥)",两竖之间显得略宽了一点儿。再参看《兰亭序》有关其它草字头的字:如"兰"、"万"、"观"的繁体字可知,草字头的两竖没有一个"平行状(∥)"或"斜平行状(∥)"的,都是相向的笔势,草字头的两竖的夹角呈上大下小的形状的"∨"形。

周先生的"改'壬'字说",大看很有道理,细细推断,也不合写书法的逻辑啊,就是习惯性地写成"壬"字,"在"、"壬"之间的距离不符合一行的章法。古人对干支纪年就像今天的人说"公元某某年"一样明白,他们在蒙学中就学《六甲》,与十天干中"癸"有关的还有:"癸酉"、"癸未"、"癸巳"、"癸卯"、"癸丑"、"癸亥"等。

以笔者孤陋刍言有两种情况:一种是把"癸亥"的"亥"写了前三笔以后,接着动笔写第四笔是,忽然发现应该是"癸丑",哎!怎么写到"癸亥"上了,推后十年时间。一种是把"癸卯""卯"写了第一笔,就改"丑"字,否则超前十年时间,便改成"癸丑"。在文章的第一行,已经出现了这样误笔的情况,唐代孙过庭都知道"一字乃终篇之准"这样的道理,难道"书圣"王羲之就不知道吗?王羲之细细一想,顿计巧生,很妙地改成了粗扁的"丑",但要说明"亥"字的第四笔画是一个在行楷书中往往是"竖勾状(亅)",其他字帖中关于"亥"的写法这里不多说了,就"竖勾(亅)"的写法,请参看《兰亭序》中的"放浪形骸"的"骸"字的右边部分的"竖勾"就会明白。

关于《兰亭序》的"丑",的确十分复杂,在这里笔者对周汝昌先生的说法和毛万宝先生的说法,见仁见智,对他们严谨的治学态度,怎不令人学习致敬呢?但是真理永远只有一个啊!文章的题目是《闲读〈禊帖〉说"癸丑"》,重在"说",而不在于"辨"。对于一个"丑"字的准确说法,关键在于读者与时间的辨析于鉴别。笔者对《兰亭序》中"丑"的一些思索主要表现在以下几个方面,芹献就正于大方之家:

1."癸"字明显是添加的原字,"丑"字是把某一字写成后,发现违犯字句的造句规律而改写的。

2.写了某一个起初的笔画,还没有完成一个字,便发现字句矛盾,上下字不宜组成一个完整的词而填改的。

3.觉得"永和九年"与"癸丑"岁时重复,是另外其他字的意味。

4."癸丑"二字,究竟先写"癸",还是先描"丑",其书写顺序问题也是我们值得费心反思的一个问题。

5.纵然是后人直接极力模仿填改进去的,可那异常复杂的"改迹",值得进一步完善,不能为了一个"丑"字,反而弄得更"丑"的现象。这样说的目的只有一个:就是实事求是地更加保证学术的高质量,高品位。

一帧《兰亭》,一位书圣,一座文化大山。希望千百万有志者,托起《兰亭序》在中国传统文化中的地位,奏响中华民族伟大复兴的号角,与时俱进,努力完成一个高新的书法系统工程,建立更加完善的兰亭文化学,是我们应尽的义务。任重道远,发扬传统兰亭文化精神,又快又好地把兰亭文化知识传遍到世界各地,是历史赋予我们的责任!

张文翰简介:

字飞染,号游堂,1983年出生于甘肃会宁杏儿岔。现为《华夏文明导报》编辑、中华诗词学会会员。潜心于诗书画印理论、甲骨文、红学文化、及文艺作品的创作与批评。学术论文刊于《羲献书法比较研究》《论殷墟甲骨文化中的"信仰与占卜"》《"天下三大行书"的文化比较观》《石鼓称谓、刻制年代及其书法美学简论》《篆刻:立道平心演绎中》省、部级以上的学术期刊上。

作品散见于《光明日报》《工人日报》《中华诗词》《飞天》《诗选刊》《书法报》《中国书画报》《书法赏评》《甘肃日报》等。版有诗文集《环草幽岩》《山来影》等。书法作品入选"甘肃省第三届书法新人新作展""甘肃省第五届书法中青展""首届'西雁杯'全国书画展"等。

一半烈焰，一半河水

——《兰花花》的生命意象

巴 号

　　徐晋林老师，我和他算是同事，在一栋大楼上擦肩而过了六年，坦率地说，我只知道他是读者出版集团一流的美编，设计用纸极其考究，没想到他做出一本原创手工书《兰花花》来。印象中，他好画画、爱设计、玩古董、开工作室，偶尔还写写文章，貌似他一直走闲适、恬淡的路子。但看到《兰花花》，我发现了他的雄心壮志。陶渊明说："刑天舞干戚，猛志固常在。"其实，猛志一直都在那儿，只是徐晋林老师没有说。他把雄心放入耐心，把目光投向微观，把创作和设计变成扫帚和篦子。等我们一觉醒过来，兰花花已经不是民谣中那个敢爱敢恨的刚烈女子，却成了一个跃然纸上的闪亮符号。

　　也许是个人的美学偏好，从《敦煌佛教感通画研究》到《敦煌古代体育图录》，从《金塔居延遗址》到《唐诗宋词中的体育》，近年来，徐老师对图书的装帧设计，选色愈发沉静和内敛。这本《兰花花》也不例外，他选择了牛皮卡纸，那是一种接近黄土地的颜色，浑厚、深沉，却喷薄出一股不屈的生命力；那也是浩荡奔腾黄河的肤色，似乎有一种磅礴的气势穿透纸张扑面而来。而那一面鲜红的剪纸，嵌在中间，远远看上去，像

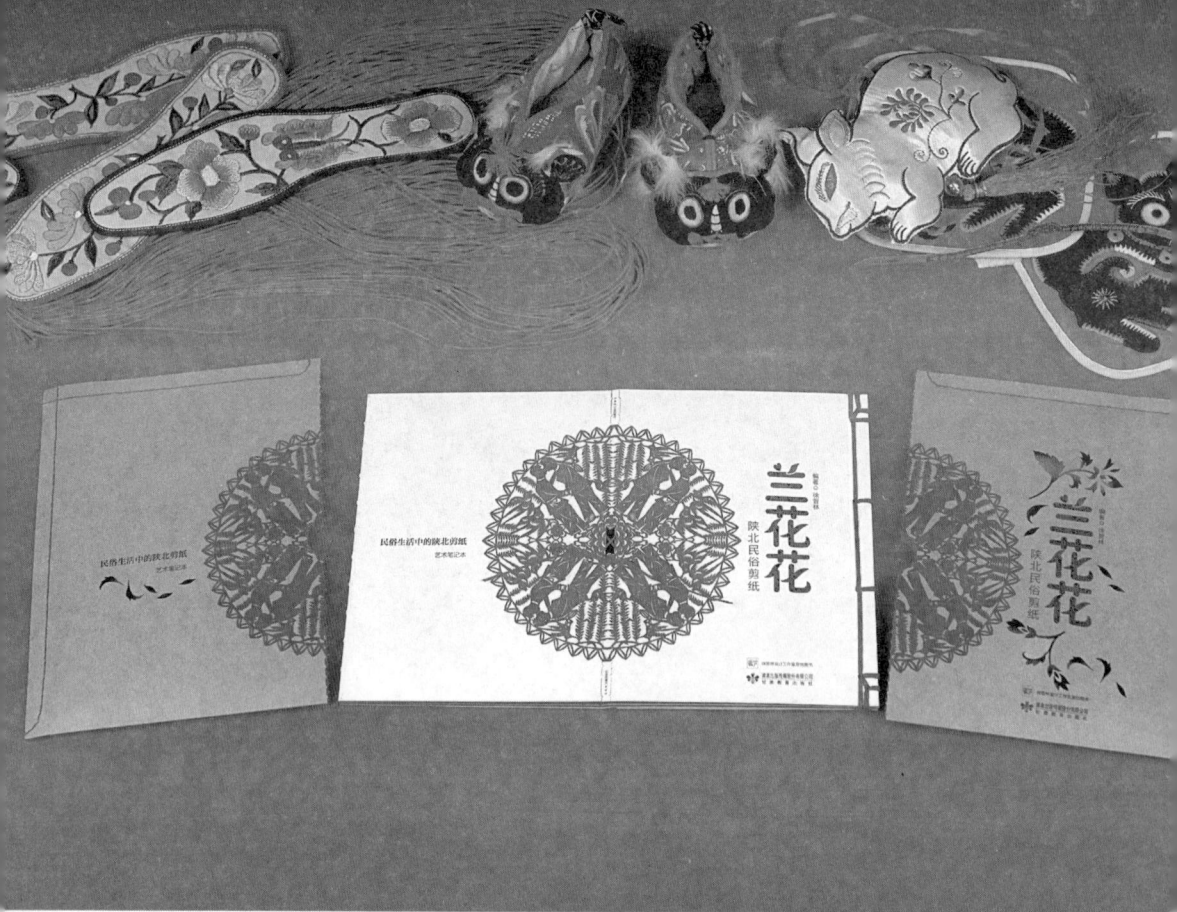

盛开的"兰花花"

一团熊熊燃烧的火焰,炽烈、叛逆而又隐秘;细细一看,剪纸上四对双手紧握的情侣脚下百花簇拥,身后丝绦摇曳,周围燕子双双逗弄凑趣,而热吻的情侣像各自的暗影,呼应投射在四方,吻得无人,爱得忘我。剪纸的右侧是醒目的兰化花三字,周围簇拥着镂空的花叶,像峰回路转时留下的一道道飞白,顾盼生姿。

简约的封套,四周又用红线紧锁,仿佛要将这热恋的痴缠紧紧定格在一纸空间,让它像文身一样,刻在暗黄的皮肤上,似标签,成印记。

撕开封套,里面的封皮,徐老师选了白色,白得让人心生敬畏。而那一面"亲嘴嘴"的剪纸赫然再现,如同初生婴儿的胎记,锁在皮肤上,自然而又触目。剪纸的中间,一条虚线像一道裂痕若隐若现,一根丝线结成蝴蝶轻轻扣着,像一把大锁把守着浮雕城门,城门背后埋伏着千军万马。

记得王忠民社长曾这样说过徐老师,"教育社的老徐在设计封面的时候,像一个运筹帷幄的江湖高手,每一个元素都是他精心布局的棋子,在关键的时候都能掷地有声。"果然,解开鲜红的蝴蝶结,沿着虚线撕开,一个大江湖豁然出现在眼前:从贺卡到书签,从文字到剪纸,一兵一卒,都被他用到恰到好处。从裁剪情趣到创作考掘的转化，从绣刀下的人物故事到稿纸上千兵万卒的蜕变，都可以看出徐老师处处谋划的"大格局"，以及精心设计的"小细节"。

使灵魂不坠的是爱，使爱发出烈焰的是冰雪人格。郭秀珍对剪纸的灵禀和酷爱，徐老师对民间艺术的挖掘和重拾，他们都让兰花花的爱熠熠生辉，让剪纸这门古老的艺术回到每个人的掌中。

刀刀剪绕，郭秀珍大娘裁出了兰花花的爱情姿态，也裁出她自己的生命意趣；煌煌万字，徐老师写出了兰花花的爱情轨迹，写出了郭秀珍大娘的剪纸情结，也写出了他的垦拓心迹。一把剪刀，一支老笔，这一武一文，相映成趣，一动一静，力量均衡，一张一弛，灵肉相融。

当这本书被一分为二时，它便有了质变的美感，一半烈如火焰，一半静若河水；一半是探秘，一半是留白；一半是撷取，一半是思索；一半是发现、复活，一半是挽留、回归。两半，一样有力。

这是一本不受控的手工书！所以，得撕，得裁，得剪。徐老师把这个过程叫"释放压力"，但在我看来，撕裂、修剪、亏空，都是异次元的再造，都是生命的度化。

一本书从设计、印制、装订，到被阅读，被"拆解"，有一个时代的体温，亦有一个作者的人生态度和生活品位。徐老师在出版行业滚爬多年，作为一个老出版人，通过一本《兰花花》，我看到了不只是他的人生态度和品位，更看出了他对这一行业的理想与信仰的护持，对书的尊严的护持。

当然，不否认，关于这《兰花花》还有很多争议，有人说它的文字不够灵彩，有人说其中的剪纸不够细腻，还有人说它的设计不够时尚，种种否定，却难以阻挡国际大奖对它的青睐和认可，更难以斥退徐老师对传统文化的热情。在争议中，他通过理智的剖析与一丝不苟的完善，在探索的路上昂然驼行。我很敬佩他这种伏案切磋，暗暗以创格自许，不屑袭调的坚守，我更钦佩他这种滔滔洒墨似欲与千夫万夫一拼的勇气。

如今，在商战社会的冲击下，书的生命正在缩短，短如蜉蝣。对书有情感的人也在减少，少得如同保育的鲑。面临种种萧象，很多创作者（包括画家，包括作家，也包括美编）或另辟天地，或换笔转型，或歇笔蛰伏。但是徐老师依然执拗地朴素地乐观着，不管是现实的波澜，还是即将逼近的浪潮，都没有打乱他探索民间艺术的步伐。我坚信，他的每一次撑灯摹写，都是在酝酿更大规模的出征，为一个厚重型的时代秣马厉兵，奉献绚霞一般的初心。

母灵的声音

——《明清秦腔传统曲目抄本汇编》的声外声

王　倩

　　一直与这套书拒绝和解,起初,以为是王忠民社长的突然去世,让我无法回头看我们一起为这套书工作的每一个细节,无法审视他为这套书所做的每一个尝试时对我的教导。但是,八个月过去了,怀着愧疚翻看自己编校的几本书时,突然发现真正的原因在于这本书发出的哀哀不绝的声音。这声音似歌似哭,似吼似唱,如耳语,又似默诵,跌宕起伏之中,音韵铿锵,情思绵远,义理状盛;它们将我团团围住,伺机要在一切的峰顶玉与玉俱焚,琉璃与琉璃俱碎。

　　这声音所带的情感让我想起了我的祖父,某个午后,他一边听着收音机里《斩秦英》一边应声唱和,声音带着温纯的睡意却有决绝的不屈,如水遇到水,火引诱火,不怕天地议论。这声音也让我想起了我的祖母,某个清晨,她一边往墙头晒连穗的谷子,一边轻轻地哼唱着《三娘》,声音像吸足了阳光的谷物,微晕、饱满且富有生命力。这声音又让我想起了我的父亲,某个晚上,借着半弯月,他吼了一嗓子《翠翠》,声音好像舒放的星子,在夜声中闪闪发光,令群花褪色,蛙鼓闭音,鹰隼藏声,树蝉自动割喉……

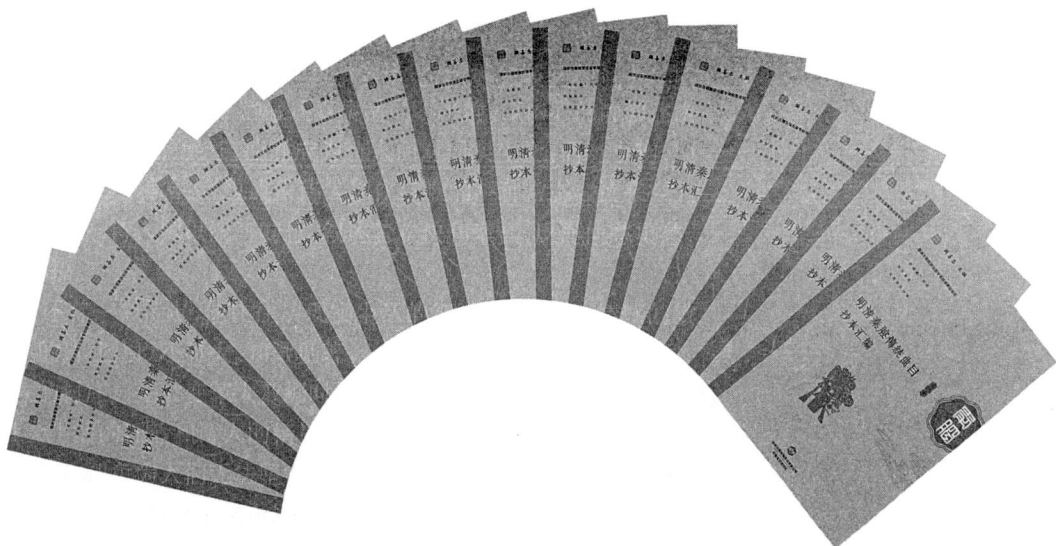

《明清秦腔传统曲目抄本汇编》全貌

这些声音的汇聚、交融,我终于明白,这套书唤起了我的乡音,唤起了我的母语,也唤起了我手掌上膨胀的耕植之欲。它们将我逝去的父辈、祖辈、祖祖辈凝聚着幸福、悲痛、正气、欢乐的声音与腔调,穿过几千年的时光厚壁,掀过累累黄塚上掩盖的厚土,聚在这书上,通过一幕剧、一句台词,甚至一个字,冲进我灵魂深处,最终沿着贲张的血脉绵延输送,窝在我的喉咙口,哽咽难出。

而我,却将它视为某种慢性炎症的困扰,以药物治疗。殊不知,跃跃发作的不是病,而是蠢蠢欲出的母音。

母音,不会画地为牢,随血缘而断。也许,发出它的先祖因为渺小无名,被历史的车轮带入永劫不复的历史黑洞,终失去了姓名、面容、声音与姿态,甚至失去了自我。但是,这他们的歌声及歌声中的故事被一代一代地传了下来,故事中的生旦净末丑,便是他们自己。他们用这种方式找到了自己,也用这种方式与作为子孙的我们重逢,以眼认眼,以声还声,发肤相认。

唯有先祖歌声中的故事足以歌泣时,我们歌声或故事才足以歌泣。我选择从这套书的某扇窗往外看,对聚集西北一带先民的歌声怀着全体吸纳的渴望。我想,这声音之所以动人,在于它以海域般的雅量吸纳了每一代人颠沛流离的故事,合撰成一部传奇;我从中阅读别人带泪的篇章,也看到我们先祖所占、染血的一行。

曾经,我的先辈整理行囊,携带家眷,开始数百年沧桑跋涉。几番烽火燎烧,焦了家园,毁了屋舍,荒了庄稼,枯了树木,没了坟墓,但唯有这声音、这腔调,随着他们迁徙而迁徙,荣枯随缘;也是这歌声赶走了沿途怒吼的野兽,驱散了黑夜肆虐的恶灵,治愈了饥饿带来的恐惧，拨开了山林封锁的寂寞，直到他们安定下来，落地扎根，歌声在新的家园上方随炊烟缭绕。

我羡慕他们是何等的自由，天宽地阔皆收在喉咙之间，最终凝成不可思议的幽冥力量，变成汩汩流淌的唱词，在庙堂与朝野鼓弹，在河流，高山、田头、断桥上顾盼；在老槐树、茉莉花上蝶舞；在雨水、太阳、月亮与云彩上幻化；在三千红尘中聚集、碰撞、炸裂，碎成片，然后化成灵欲。

欲望会找另一个欲望倾诉，如同人们寻觅亲人或知己。

千年之后，窝在我们喉咙口的这股歌唱之欲，为了在时光行程中与我们相认，竟然懂得趁我们情绪波动时，打开喉锁，逆溯至脑海，潜入收藏区域，寻得一根柔弱的弦，拨弄它，挑逗它，向它讲述爱情、情义、忠诚的故事，带它离家出走，允诺它变成灵动的音符，浸透浪子的瞳仁，洒入先辈们留下来龟裂黄土，育出新的血统。

每个人心中总有一种声音，是他终生溯洄以求的。感谢这套书发出的声音，这些声音正是我毕生所求的，它有着不染尘埃的平静，忽远忽近、时而喧哗、时而低吟地起伏着，让我渐渐地忘却自己所隶属的时间、空间，慢慢模糊了自己是一个平凡人的意识——很多细微滋味是在忘记自己是个人的时候才感受得到的。

母灵之音啊，不管何时何地，都能抚慰被世事折腾过度的灵魂，所能到达的地方，比翅膀更远。

西部遗珍秦腔的温暖助推

——评《明清秦腔传统曲目抄本汇编》丛书

刘仕杰

　　秦腔又称"乱弹"，是我国最古老的地方剧种之一，堪称"百戏之祖"，主要流行于陕西、甘肃、宁夏、青海、新疆等西北地区。作为西部地区乃至全国的宝贵遗产，秦腔夹杂着如黄河奔腾咆哮般的旋律，穿越了千年的风雨，在历史的长河中熠熠生辉。然而，我们并不能否认，千百年来，秦腔始终未能真正的冲出潼关，走向全国。近年来，随着时代与社会的变迁，秦腔传统剧甚至面临着生存与发展的危机，数以万计的传统曲目在流传过程中不断逸失。鉴于此，敦煌文艺出版社联合甘肃文化艺术研究所用五年多的时间搜集整理了一些散佚在民间的秦腔曲目抄本，策划出版了这套《明清秦腔传统曲目抄本汇编》，打造出了一部"有筋骨、有道德、有温度"的古籍读物，可谓是西部遗珍秦腔的温暖助推。

　　敦煌文艺出版社是读者出版传媒股份有限公司旗下的专业出版社之一，有着良好的品牌优势，下设社委会、编辑部、项目部等部门。建社55年来，一直以倡导社会主义主旋律、弘扬西部文化为己任，在出版和编辑力量上具有相当的优势。此外，敦煌文艺出版社之前已经出版《秦腔传统折子戏》《王正强文论选》等一系列关于秦腔的书籍，已经形成从理论到实践的多层次、立体化的秦腔系列丛书，在西部乃至全国的秦腔出版领域占有优势地位。该社秉承弘扬精品传统文化的信念，本着尊重传统、发掘遗珍的态度,联合甘肃文化研究所以及众多的秦腔研究专家以及民间秦腔艺术家,在全社同仁的共同努力下历时多年倾力推出了这套《明清秦腔传统曲目抄本汇编》丛书。这套丛书中不仅包含着诸多面临失传的秦腔曲目,还融合了甘肃、陕西等地的民俗风情;不仅传承了我国的古老文化,还将西部特有的民俗与文化传播到了全国各地。

作为我国最古老的戏剧之一,秦腔起源于西周时代,具有非常悠久的历史。王绍猷在《秦腔纪闻》中说秦腔"形成于秦,精进于汉,昌明于唐,完整于元,成熟于明,广播于清,几经衍变,蔚为大观",其中明清时期是秦腔艺术发展的鼎盛时期,极大的代表反映了秦腔的成熟样态。故而,本套丛书所选的曲目主要来自于明清时期的抄本,共分十七卷,收录了百余部明清时期的秦腔传统曲目,力图以文本的形式为秦腔的发展和保存做出贡献。

《明清秦腔传统曲目抄本汇编》这套丛书的编写集结了甘肃省文化研究所许多著名专家、学者,如金行健、李嘉澍、扈启贤、郝相礼等,可谓是各位前辈学者的沥血之作。金行健老师作为支援西北文化工作者的老前辈,在参编《明清秦腔传统曲目抄本汇编》丛书时,不仅提出了很多可行性意见建议,而且带头身体力行修复了很多难以辨识的抄本,整个过程可谓耗尽心力,功不可没。此外,李嘉澍老师在整理、校勘、编辑抄本工作过程中也是"刳肝以为纸,沥血以书辞"。如今,两位老师已经溘然作古,本套丛书的顺利出版发行是对他们最好的慰藉与最温情的交代。

该套丛书的编写秉持着"稀、缺、精"的原则,主要选择了三种抄本上的曲目。一是全国秦腔戏班捐献的"老箱底"积存,二是政府出资抢救的舞台孤本,第三种则是仅在民间以口头的形式流传、并无文本保存、今人重新整理的绝本。而这些秦腔曲目抄本中,还有许多早已遗失的曲目。如新收录的有上古故事戏《洗耳记》《收三苗》《尧王访闲》,夏商周故事戏《黄河阵》《太和城》,秦代故事戏《六人斋》等。其中,《洗耳记》在蒲剧中有所记载,是根据老艺人回忆记录下来的大体内容,但剧本已遗失。而《明清秦腔传统曲目抄本汇编》收录的《洗耳记》是该剧本的首次发现。此外,剧本《收三苗》在陕西藏有一本,但本套丛书中所收录的则是甘肃唯一的一本。这些珍贵的无印曲目抄本经过专家的重新整理、抄录与修复,最后装订成册、出版为书,让秦腔传统曲目以文字的形式得以保存,不仅今人可以阅览,后人也可以沿用。可以说,《明清秦腔传统曲目抄本》这套丛书的出版不仅为秦腔这一传统曲目营造了良好的保存环境,也为秦腔研究界提供了珍贵的史料、为秦腔爱好者提供了珍贵的曲目抄本。

《明清秦腔传统曲目抄本》这套丛书中所涉及的戏曲数量非常多,所包含的内容也非常丰富。秦腔这一古老戏剧诞生于西部大地、成长于西部大地,代表着西部千年的文化底蕴,是西北人对生命大苦大悲的一种宣泄与呐喊,也是西北人真诚、厚实生活的一种真实写照,其思想内容与艺术格调都十分丰富。总的来说,该套丛书中所选的秦腔曲目一般取材于西北人的日常生活故事以及一些历史故事、神话传说,映射出了我国千百年来西部地区丰富多彩的社会生活,展示了西北地区生活方式的内涵与生存文化。另外,该套丛书中的秦腔曲目在内容方面特别注重人物形象的塑造,成功塑造出了许多典型性的悲剧人物形象。这些悲剧人物通常都是失势者,往往没有能与邪恶势力对抗的能力,但是他们始终站在道德和正义的潮头浪尖,与邪恶势力进行角逐,彰显了西北人独特的精神气质。

秦腔根植于秦地最古老的民族传统文化与民间艺术的沃土,是我国最古老的地方剧种之一,《明清秦腔传统曲目抄本》这套丛书的出版对秦腔这一古老戏曲形式的保存、发展、研究,中国优秀传统文化的传承乃至整个社会文化的发展都具有非常重要的意义,不仅具有极大的学术价值与史料价值,还具有一定的社会效益与意义。

《明清秦腔传统曲目抄本汇编》丛书是甘肃省历史上最大规模的秦腔曲目整理,不但抢救了一大批存在于民间和孤本古籍中没有得到较好保护的秦腔曲目,而且秦腔曲目中所呈现的景物资源、风土人情、民俗民风等文化生态,为后人研究中国史和民俗史提供了翔实的史料。该套丛书的编写还集结了一批优秀的秦腔传统剧研究专家、学者,即体现了我国秦腔传统剧研究的高水平,又使一些学者多年来的研究成果得到集中展现,也为日后秦腔这一古老戏剧的研究提供了宝贵的资料。这套丛书的面世还为学术界打开了一个新的窗口,使更多的人更深入的了解了秦腔这种古老的戏剧;亦为戏曲界提供了一方乐园,为秦腔这一古老戏剧的多元化发展开辟了一条蹊径。同时,《明清秦腔传统曲目抄本汇编》这套丛书的出版也极大地方便了普通秦腔爱好读者的阅读,对华夏文明的保护、传承和创新都具有极大的意义。

《明清秦腔传统曲目抄本汇编》这套丛书的出版还具有广博的社会意义。孕育于三秦大地的秦腔曲目多是将当时社会中国的热点事件改编成历史演义或者是现实故事加以传唱,折射了中国古代乃至当代的社会现实与风俗习惯,无论是对"热点事件"还是"正史"都是一个很好的补充与复原。该套丛书的出版充实了秦腔曲目库,亦为当代人提供了另外一份观看历史、了解历史的重要材料。

山川不同,便风俗不同,风俗区别,便戏剧存异。秦腔,诞生于西部土地上的古老剧种,是流过大西北高原的生命之歌,彰显着八百里秦川黄土地的英雄本色。在西部这块土地上,秦腔具有神圣不可动摇的地位与力量,它早已沁骨入髓的融入了西部这块土地上,是西部儿女千百年的精神寄托。它如一杯烈酒,醉了岁月;它如一出天歌,酣畅淋漓;它如一阵劲风,吹走了凄凉。在秦腔剧种面临生存与发展危机的今天,《明清秦腔传统曲目抄本汇编》这套丛书的出版与面世,使得秦腔这一古老剧种,穿越了千年的历史长河,与当代秦腔爱好者与研究者一起奏响了绕梁之音。我们期望这套丛书能真正成为西部遗珍秦腔的温暖助推,让秦腔这一古老剧种冲出西北的旷野,真正飘荡在全国的每一片土地,以使我们的文化血脉绵延不绝!

佛掌中的红尘

——"白银诗歌部落"九人诗浅评

髯　子

　　白银诗群,以甘肃为诗歌坐标进行考量,在创作实力、作品水准、诗群体积、流派或风格的多样性等方面,我认为并不滞后。这期《景泰文学》推出的九位诗人,近年来在《诗刊》、《星星》诗刊、《诗选刊》、《诗潮》、《诗歌月刊》、《中国诗歌》、《飞天》以及《诗歌周刊》、《中国当代诗歌选本》、《诗品》等全国一流诗歌大刊上频频发表作品,逐步引起省内外诗坛关注,作品入选一些著名诗歌选本选集,成为白银诗群的领跑阵容,带动了白银诗歌创作由冷变热,2015年终于形成了一个创作上的"波峰"。这九名诗人的作品,这次亮相《景泰文学》,尽管不是他们的最高水准,但也是一次集体实力的展示。

　　一、溯流而上,在时间和精神的上游,寻找心灵的出口和归宿。

　　不约而同,惠永臣与冯焱鑫两位诗人,"同时"神游轴心时代,置身释与道的传统道场,试图为现实中的自己找到一片神性荫凉。惠永臣的《石门寺》《密语》,由"出世"到"入世",出入间都带着人世间的风尘,在佛陀的明暗隐显光芒中,反复考验着自己的肉身与灵魂,自我审视着自己的肉身与灵魂。沐浴、挣扎、纠结一番后,最终找到了灵魂的出口:"起风了——几片落英回应了我内心的波澜",佛将一个来自红尘中的灵魂又送回红尘中。

在组诗《先哲的背影》中,冯焱鑫把"追比圣贤"作为精神向度和目标,诗人的灵魂被先哲高大的背影吸引,沿着时间的纹理,一路过关、涉水、翻山,抵达"道"之源头,并以自我灵魂为现实标本,诠释考问着道德与人性(劣根性)的矛盾冲突,从而完成了自我救赎和灵魂皈依。

另,何军雄的《与佛有关》,诗人认为诗与佛同质,表达了诗人对诗歌宗教式的敬仰心情。

二、以花朵的方式,我向你叙说。

"抒情"作为人的一种本能,时时处处都在发生。一般人概莫能外,更遑论敏感的诗人。然而,作为诗人,对抒情必须保持警惕,即要含蓄、内敛、节制,也就是说,对热的情感要进行冷处理,即:冷抒情。在惠永臣的《面对一树即将开放的桃花》,甚至于《在甘南》中,"点燃早晨的磷火"的"一根火柴头"、"一颗颗红的心跳"一样的桃花,以及忧伤歌声里的菊花,最后平淡地以习空见惯的开放和"我"的安心离开,以及"又一次想起你"这样的姿态作了降温式的冷结束。

三丫的《念想》系列,诗人把"将军"作为理想的倾叙对象,而把自己的花苞打开,露出粉蕊——以花朵的方式,向心仪已久的男性象征——将军,娓娓地、款款地说出了爱和向往。诗中,诗人将一往深情、轻拿慢放,把冷抒情中的"冷"柔软化,即冷得有底线,不结冰——在适度中,在春天之上。

刘进的《野山菊》、《美好》、《向着阳光歌唱》、《花海》、《杏花开了》,把对故乡的爱,对春天的爱,以及对青涩爱情的回味——以细针细线绣出花形花色,不同的花形花色,绽放不同的情感色彩,不同的情感色彩,又释放出了不同的情感温度。实属不易!

吕锦涛的《思念》,是一个"痴人"用呓语讲述的一场鸳鸯好梦。梦中的你丰盈若水,当梦醒之时,爱情急转直下,从此"风不晓来时,我不知归处",此情状,怎一个痴字了得!

三、把现实撕开一角,让它在我的心里疼痛,在你的心里结痂痊愈。

口语诗已摒弃了现代诗的显著特征,但作为后现代诗的一个分支,业已脱胎换骨。在逐渐失去先锋性的过程中,逐渐形成了它的特色与标准:冷叙事。即不思辨,客观呈现现实,但还是对现实有所取舍。颜小鲁的组诗《中年记》,显然给口语诗拐了一个弯儿,诗中出现了修辞成份,甚至髦用了象征、通感、张力、意象等现代诗手法。但总体感觉,还是口语诗,还是冷叙事。《送葬》、《陪女儿葬猫》、《一条名叫"虎子"的狗》,诗人以生命的口吻叙述着死亡,以不疼痛叙述着疼痛,以平淡叙述着强烈,以冷叙述着热,从而使死亡之痛,更强烈、更"热"、更疼痛——是长痛,不是短痛;是心痛,不是肌肤痛。《中年记》《麻雀》两首诗,诗人以平静叙述着生活的不平静,以内心的静叙述内心的不平静,化尽了内心、语言中的戾气,使静成为诗人面对现实生活,面对事物,面对自我修复自我的一种态度,一种常态,也成为诗人创作诗歌的一种常态。读来令人有冷水浴之感!《旧时光》中,诗人则以淡淡的愁,叙述着欢快和幸福,反而使愁更愁,使欢快幸福更加欢快幸福。

颜小鲁的叙事诗,还有一个特点,他往往从现实生活的细微处,和内心情感的敏锐处选材着笔,所以他的诗往往以小见大,知微见著。

何军雄的《一个人的村庄》,是大变革大数据时期的村庄命运的一曲哀唱,在诗人的笔下,作为人类社会生活的摇篮和诗人的精神家园——村庄,正退居为我们的后方,又快速地从我们的后方褪色为人们无法坚守的荒村。而独守荒村的一个老人,他个人的病痛,正是诗人的病痛,也正是具有乡村情结的我们共同的病痛。

而在吕锦涛的《清明回乡》《寂静的庭院》两首诗中,乡村的余温尚在,诗人的温馨感尚存。祭祖、祭奠逝去的亲人与回乡回家,两个精神向度的寻根,使乡村的根本地位无论在亲缘上,还是在地缘意义上,都牢不可动摇——这也算是诗人对养育他的乡村的一种文化坚守和精神反哺。

四、"语者",赶着自己的灵魂在心灵的异域放牧。

从某种意义上说,诗人都是自我灵魂的放牧者。《黑河》,是惠永臣的一首由歪返正的诗。黑河的黑和诗人的盗墓者身份,足以让人相信,他赶着自己的灵魂,穿过古堡,获得了"风声",已进入通向时间深处的隧道,但他并不盗取什么,而是给沉睡中的你亮起灯盏,露出桂花的清香——给过去带去了现在的明亮信息。自己的灵魂,也在时间的深处走了一回。

《一目四行:腾格里以南或景泰书》,是王瑜呈现给我们的一组独特气质的诗。诗人以腾格里以南多样的地理特色和景泰异质的文化秉赋,作为书写场域或灵魂的放牧地。《月夜》中,诗人在河边垂钓,"我应该不动声色,观察另一种风向变化",这时的"我"仿佛超然物外了,但是,在空白处的响动中,"我也动了一下——","我"却未能置身事外。《兰》中,诗人以异见者身份与野谷幽兰发生情感触碰,双双获得了各自想要的愉悦感觉。这两首诗在题材上一反常态,仿佛拉开了与现实的距离,但却没有春然撕断联系。所以,虚实间诗意便汩汩而出。这两首诗,如果解释为情诗,似乎意味更合理合情。

《半个春天》《热葬》《在戈壁》《彼时》《麻雀》《白杨》等诗,诗人从狭小的"城中"脱困而出,将灵魂置于另一种艰苦的困境中,感悟生命的韧性和耐力,并试图给自己的灵魂以出路。

王瑜的诗,意义指向多岐;语言跳跃,忽左忽右;诗风硬朗,技艺精熟。

五、率三千汉字,在诗歌的丘壑间历险。

窦坤对语言的爱好达到了痴迷的地步。他一直寻找着语言的多种可能性,一直不遗余力地推动语言爬坡、越涧、拐弯、遇颢、奔突;一直制造着语言的迷雾,一直制造着语言的起伏宕荡。《天上地下的爱》,联想高远,纵横交错,充满思辩。《春天,听花的歌声》、《秋晨,看见月亮》,一派天真烂漫,"儿女"心态、情致活灵活现。《香烟的味道》,赋予香烟另一种品质,几乎堪与蜡烛并肩媲美。

吕锦涛一直对语言表现出浓厚的兴趣;同时又对语言充满敬畏与感恩。他的《感怀》,心驰神游,横陈纵述,把人生感悟,人生中途的困惑,以及对后半生的迷茫,跃然呈现于诗中。

何军雄的《起风的时候》、《行走在北国的雪》、《在屋檐下数星星》,思绪飘飞,语言翩然,意境清丽,都是对语言下了苦功的诗作。

六、结束语。

九名诗人的诗,水准有低高。其中,年轻诗人或诗龄较短的诗人,自己的诗也有低高之分。讲究语言或追求语言效果的诗,都显得空,在质感与及物性上,还需下功夫。

现代诗歌分类整理

段若兮

诗为言语之精华,文辞之顶峰,意义之琥珀,情志之画屏,实为语言的最高形式。现代诗门类纷呈,综合阅读之感之思,试叙以下十类:

一、温柔。表现为言语温和细致,节奏慢调低回,情思暗蕴潜行,如月下镜湖,微澜,水面上映着波光,波光里溶着月色,水月曼妙呼合而人心温软潋滟。

从前慢
作者:木心

记得早先少年时
大家诚诚恳恳
说一句 是一句

清早上火车站

长街黑暗无行人
卖豆浆的小店冒着热气

从前的日色变得慢
车,马,邮件都慢
一生只够爱一个人

从前的锁也好看
钥匙精美有样子
你锁了 人家就懂了

　　通篇围绕一个"慢"字,轻轻袅袅,缓笔慢行,绘制出一副泛黄的生活画卷:晨有轻寒,暗,长街无人,小店灯黄,豆浆的醇香像洒在空气里的金色微粒。人们言辞诚恳,日色浓淡有致,锁好看,钥匙玲珑,每一件日常用品都是有情感的。生活在其中的人,一生无杂事,只够爱一人。行文没有明显的层递,没有波澜和高潮,只是闲淡地诉说,让读者自己体会时间的慢,人心的静,这种静,是环境层面的安静,更是心理层面的静谧。表达的情感不是灌入式的,而是缓缓渗透式的,如细雨入夜,苔痕侵阶,不是用文字写出情丝,而是用情丝牵着文字一路走来。掩卷回思,全诗文字闲淡无欲,情感温润无痕,如素衣的人隔着纱窗看月,看纤云暗度,初月朦胧。

外婆

作者:黄怒波

外婆坐在紫藤花下睡觉
她像一只老猫宁静而又气喘不已
正午的日光下她很像院墙上的秋葫芦
枯黄干涩一点也闻不着气味
她肯定再也不会有像蝴蝶一样飞的梦了
她只是一个以日计数的老太太
种下一只什么种子时她丝毫也不再激动
收获　实际上已与她毫无关系
光线在这种情况下亮起来又暗下去
外婆在瞌睡中像一只老猫俯首贴耳

就连小老鼠也不经意地在她脚下觅食
它总是能够找到外婆牙缝中漏下的饭粒
因为是秋日　风一吹什么都叮叮当当地响
可是外婆总是紧闭着她的眼睛
她把耳朵像窗帘一样遮得严严实实
外婆只是沉睡在这个世界里

　　日光渐暗，恋恋不逝，紫藤花垂下紫色的花串，在秋风中轻轻飘摇，花架下的外婆，头发灰白，皱纹细致，生命最后的力量像一根细细的丝线在她的体内缓缓游弋、缠绕。作者更像一个画匠，用纤如毫发的笔触，一笔一笔地勾勒、描绘，外婆安详静坐的样子和身后琳琅的花架构成了一副静物画。全诗的笔触是淡的，语气是轻的，情感是抑制的，把一首诗写得如此纤细，体贴，忧伤，忧伤之外，更有一种对人生暮年的悲悯，悲悯的大情怀又提升了诗歌的情感高度，扩大了一首诗的外延。

　　二、绮丽。绮为绫罗，奢美无加，丽为绫罗之色，璀璨万般。绮丽之美，当属风华无匹之列，用于诗，即辞藻奢靡华丽，情感丰沛洋溢，极尽铺陈渲染，犹如风里裹着馥郁花香，水里飘着婉转青萝，亦如月光照在瓷器上，花枝绣在锦缎上。

同里时光
作者：潘维

同里时光
青苔上的时光，
被木窗棂镂空的时光，
绣花鞋蹑手蹑脚的时光，
莲藕和白鱼的时光，
从轿子里下来的，老去的时光。

在这种时光里，
水是淡的，梳子是亮的，
小弄堂，是梅花的琴韵调试过的，
安静，可是屋檐和青石板都认识的。
玉兰树下有明月清风的体香。

这种低眉顺眼的时光，

如糕点铺掌柜的节俭，
也仿佛在亭台楼阁间曲折迂回
打着的灯笼，
当人们走过了长庆、吉利、太平三桥，
当桨声让文昌庙风云聚会，
是运河在开花结果。

白墙上壁虎斑驳的时光，
军机处谈恋爱的时光，
在这种时光里，
睡眠比蚕蛹还多，
小家碧玉比进步的辛亥革命，
更能革掉岁月的命。

一读此文，即入了画境，踩着诗句的韵脚，一步一阶，走入清光晕墨的雨后深巷。青苔染阶，窗棂细雕，穿着媚粉软缎绣花鞋的女子从轿子里走下来，走近，又走远，一抹红裙越来越浅。悠悠小弄堂，被梅花的细手指抚弦弹奏，琴声起，明月清风薄醉，寄身于一株骨骼清奇的玉兰树。诗中景物铺排，情感呈递，音韵婉转回环，像湖面上升起的一层空濛水汽，氤氲而来。诗人霍俊明说："潘维的诗是最后的地方知识和江南汉语"，潘维在自己的诗集《水的事情》序言中也写到"我出生在汉语最肥沃的地域：宋朝以来的江南"。 潘维的诗有一种奢靡的冶艳、华丽的颓废、柔媚的韵致叠合呈现出的阴柔之美，读其诗，如恰遇婀娜美人，初见惊艳，再见亦然。爱其诗，除了极爱诗体言辞，可能也是爱极了诗中曲径通幽、羌管闲弄、临水照花的江南。

太和殿龙椅

作者：龚学敏

一

是谁在春天鹅黄的门帘内独眠。唯一的楠木已经开出了金子的花朵。
雪的余生，坐在苍凉而平坦的地上，看着闪烁在身上的阳光
一步步地溶入，楠天生的孤寂，和那束角落里的阳光，一动不动的
流苏。

最洁净的尘埃，是化过妆的雪。落在木山川依旧的楠身上。

需要用透明，传授一些关于树透明的长势和话语，
需要象刀一样，沁入刀从未体贴过的事物。其实，他们看见了
雪的细微，如同遍地的黄花。还有，看见了水的透明。
和自己脆弱的花瓣。

所有被列入椅科动物的画像中，龙需要终日涂抹。
需要终日捡拾那些零碎的阳光和回忆在传说中已经残破的前世。
需要在黑夜看穿那些入睡的葵花。
二
所有的雍容与华贵，一一来自北方。让他们在梦中已是经年的鸽子
朝北方飞来。北方是一切的水，不约而同的源泉。
是一切的花，根本的朵，无味而且空洞。

面南就是把手指向大海。从水中长出的犄角，被水
一遍遍地吹响。

响成椅子中一马平川的寒风，和迎面而来的冰。一棵棵貌似玉洁的树，
在冰的名字中，躬身疾行。时光，被话语锋利的刀裁成两半，
一半是雨露。一半
是冰做成的雷霆。

　　此诗选自龚学敏的史体长诗《紫禁城》，写作历史题材的难度在于，你看到的都是
历史的残骸，碎片，假而空的颂词，而且历史很容易牵涉到政治，政治是诗歌的杀手，
一入诗极易造成一首诗的形锁骨立，刚而无味，使美感顿失。要把历史的残余碎片衔
接拼合成绮美的画幅，需要缜密完备的宏观布局和辽阔广袤的诗意想象，要把这些诗
意想象表达出来，需要磅礴华美的语言体系。此诗的情感和语言并驾齐驱，互为表里，
双绝双胜。诗句的多重定语，层叠修辞，呈现出一种锦上覆锦、醺风抚廊繁复之美，把
古旧缄默的历史写得如此温香软玉，旖旎多情。其诗集《九寨蓝》《紫禁城》的语言都是
浓墨重彩的铺陈渲染，璀璨流光，繁密茂盛的意象，由一点而生发，至千万点而收束。
梁平在《蜀籁》诗丛总序中写道："龚学敏以他诗歌追求的纯粹与华丽，为人们耳熟能
详的紫禁城重新进行了整体解读，他独自置身其中，演变万般模样，穿龙袍、起龙驾、
执令牌、伺贵妃、开启深锁重门、穿行千里烟云，让人别开生面。"
　　潘维的《同里时光》整体笔触是淡的，是淡与淡的层递，是清风里执白梅，白梅飘
着香。龚学敏的《太和殿龙椅》一起笔就是醇浓的，是浓与浓的堆叠。在写诗的路上，潘

维是薄醉而回，龚学敏是不醉不归。汉语是为诗而生的语言，语言之绮丽就是云的衣裳，花的容颜，水的腰身，清风的曲调，月桂的香味，就是文辞的烟柳画桥，风帘翠幕，就是意韵的醉生梦死，活色生香。

三、痴绝。浅喜，深爱，痴则迷恋，进而深恋成疾，痴绝之诗最适合写两性情感，两性情感的排他性打造了一个只属于两人的封闭空间，浩茫宇宙被删繁就简成两个人，只说你我，不关万物。痴绝就是牡丹亭中的相公小姐情不知所起，一往而深，生者可以死，死可以生。痴绝还是《诗经》里的山无棱，天地合，才敢与君绝，其实就是此生此世永生永世我和你不舍不分，要么让我来爱你，要么让我来恨你，我就是要和你永世纠葛，那些风轻云淡地说着泉涸，鱼相濡以沫，不如相忘于江湖的都与痴绝无缘。

穿过大半个中国去睡你

作者：余秀华

其实，睡你和被你睡是差不多的，无非是
两具肉体碰撞的力，无非是这力催开的花朵
无非是这花朵虚拟出的春天让我们误以为生命被重新打开
大半个中国，什么都在发生：火山在喷，河流在枯
一些不被关心的政治犯和流民
一路在枪口的麋鹿和丹顶鹤
我是穿过枪林弹雨去睡你
我是把无数的黑夜摁进一个黎明去睡你
我是无数个我奔跑成一个我去睡你
当然我也会被一些蝴蝶带入歧途
把一些赞美当成春天
把一个和横店类似的村庄当成故乡
而它们
都是我去睡你必不可少的理由

粗粝的、血污的、疯癫的、拧巴的、较劲的、不说想你，不说爱你，不说灵肉合一，不说一夜云雨，直接一刀见骨——我要去睡你。说这话的时候，已经在意念里把你脱光，赤条条地睡了，随后我就打马上路，带着我的诗句、镰刀和残疾来收割你，像割倒半山坡的麦子，同时也敞开自己，任由你收割，那怕我们彼此收割之后，仇深似海。余秀华的风格就是这么鲜明毒辣，不爱就冷漠，爱就勾搭，穿过枪林弹雨去睡你，在体内安放一百个少女去睡你，把情感写得如此凶狠、粗鲁、生猛，像投毒、像谋杀。难怪有人说

"她的诗，放在中国女诗人的诗歌中，就像把杀人犯放在一群大家闺秀里一样醒目——别人都穿戴整齐、涂着脂粉、喷着香水，白纸黑字，闻不出一点汗味，唯独她烟熏火燎、泥沙俱下，字与字之间，还有明显的血污。"对，就是血污，毫不遮掩的、冒着热气的血污，无论是写诗还是做人，故作的纯情和故作的淫荡都让人作呕，但光明正大的婊子永远都有生存的地盘。这首诗歌让余秀华一夜成名，也缘于她的貌丑、残疾、贫穷、半老、皱纹、粗鄙、松弛、缺爱，若余秀华是一个脸白胸大、腰细腿长、善于勾搭的妖艳贱货，这首诗写出来可能就是另一种下场了。虽然如今的余秀华出名了，有钱了，离婚了，还美容了，但她仍然是一个一无所有的人，生活中是，诗中也是。她一无所有，无所守，则无所弃，无所弃，则无所顾忌。最近余秀华在诗歌里要睡朵渔，要睡陈先发，这个女人在自己的世界里自封为王，把男诗人像宠妃、像面首，大方意淫，正在自导自演一场浩浩汤汤的华丽自摸。

要死就一定要死在你手里

作者：俞心樵

不是你亲手点燃的
那就不能叫做火焰
不是你亲手摸过的
那就不能叫做宝石
你呀你终于出现了
我们只是打了个照面
这颗心就稀巴烂
这个世界就整个崩溃
因为你的美貌像一把出鞘的钢刀
不是你亲手所杀的
活下去就毫无意义
不是你亲手打碎的
就不可能破镜重圆
今生今世要死
就一定要死在你手里

这首诗呼应了一个心理学现象——晕轮效应，是指当认知者对一个人的某种特征形成好或坏的印象后，还会倾向于据此推论该人其他方面的特征。"不是你亲手点燃的，那就不能叫做火焰；不是你亲手摸过的，那就不能叫做宝石"，套入晕轮效应的思维规则就是：只有你亲手点燃的才能被称为火焰，只有你亲手摸过的才是宝石，进一步得出，只有和你相关的才是完美的，或者说若与你不相关，就是荒废，更上升一个层面，我的死亡，必须是你亲手造成的，只有死在你的手里，我的死才是正确的，才是有意义的，才算是死，不然就什么都不是，或者还可以说，我只有因你而死，才能反证我曾经活过，我这个人就必须死在你手里，就一定要死在你手里，那我就白衣胜雪地等你执一把钢刀来刺穿我，就要刺中胸膛，或者你要有一把枪，很多子弹，这些子弹都要经由你的手，射中我的心脏，我的血要染红我的身体和大地，染红你的手指和脸颊，这才是我们的完美落幕，也是我此生最无憾的结局。

"今生今世要死，就一定要死在你手里"这是全文的压轴金句，用死来写爱，这种爱，极端而变态，强制力、侵略性、疯狂、压抑、绝望、声嘶力竭。对，致死绝望，声嘶力竭，却又带劲、痛快、过瘾、甚至还温暖、通透，通透是一种什么感觉？应该就是一抬脚就把门踹开了，屋子里的人，家具，水杯，窗帘，地板上的拖鞋，被响声惊醒缩在椅子下面的猫……一下子就看清楚了，不需要想，不需要猜，你想看见的都看见了，都呈现给你了，通透还是土匪老大带着一帮弟兄大白天抢亲，呼啸过半个村庄，抢得红火霸气，十里皆知。

恋爱中的人必须标配两条命，一条命用来出生，来到人间，另一条命用来遇见对方，伸出手臂拥抱和亲吻对方，在人烟罕至野兽出没的荒漠，在人群熙攘的闹市街道。这首诗描述的爱不是郎情妾意花前月下的小情调，而是一种彼此给予，却又彼此亏欠的相爱相杀，若一个人是另一个人的绝症，那么此生就让我以你为病，以你为药。你的美是一把钢刀，那我就引颈受戮，爱你是一种酷刑，就让这酷刑为我加冕，活，活在你的怀里，死，死在你的手里，任这世界崩溃，梁倒屋摧，江河横流，而你，你就是我的柴米油盐，人间天堂，就是我炕头的妻，梦里的红粉，有毒的蜜糖和甜味的砒霜。把一首诗写得如此霸道，用力，丧心病狂，野兽一样，暴君一样。这样的诗若仅仅当爱情看或许就是疯狂，就是偏执和扭曲，苦情和狭隘，若当人生看，当哲学看，当生活看，就是正常。辽阔的人生中的有太多的痛苦、狂欢、寂寞、绝望、求之不得、失无所失，需要我们周旋、化解、战胜、克服，需要我们具有最勇敢的态度，岩浆一样的赤诚，君王一样的高贵之心和所向披靡的掌控力，人生，若要痛快淋漓，就要强烈，勇猛，不死不休。

四、深远。表现为哲思深厚，意境远阔，一字千言，而千言不尽。钟嵘的《诗品》有"滋味"一说，即文本所营造的言近旨远、意味无穷的艺术境界和作品给读者带来深刻阅读体验的"味外之旨"。深远之诗，要的就是这"滋味"。

干了什么

作者：娜夜

——她在洗手
——她一直在洗手
——她一直不停地在洗手
——她的手都洗出血来了
——她干了什么
——到底干了什么？

为什么一直洗手？她杀人了手上有洗不净的血迹？她行贿了这双手摸过金条和支票？她偷情了手上沾染着黏而腥味的精液？她做了什么？贩毒？溺婴？盗墓？偷肾？埋尸？乱伦？她的这双手到底做了什么？作者什么都没说，却什么都说了，露出水面的这冰山一角，把读者的想象力逼迫到了极限。全诗道具只有一个：手，动作只有一个：洗，用两个字讲了一个故事，作者躲在幕后，放任读者天大地阔纵横捭阖地思考，想象，自己推理，破案，找真相，就像是物理上小孔成像的实验，在屋子的墙壁上凿一个寸许小洞，让读者自己透过这个小洞去看外面辽阔浩淼的世界。诗中的这个"她"不一定是实指女人，是男人也可以，设定为"她"，为女性，或许是作者有意为之，女性性别的巧用，达到了以弱衬强的功效，用娇弱微小的善来彰显那些毁灭善的力量。情感是潜藏在骨缝里的暗流，笔触是强制性的收敛，就像把刀刃包裹在棉布里，隐忍的、薄的、锋利的，娜夜的诗里有灵异的巫气，神秘的宗教和明亮的哲学，她把这些原料熔炼在一起，调制出甜味的毒汁和鬼魅的灵药，不动声色地给读者打造一场饕餮盛宴。

村小：生字课

作者：高凯

蛋　蛋　鸡蛋的蛋
调皮蛋的蛋　乖蛋蛋的蛋
红脸蛋的蛋
马铁蛋的蛋

花　花　花骨朵的花
桃花的花　杏花的花

花蝴蝶的花　花衫衫的花
王梅花的花
曹爱花的花

黑　黑　黑白的黑
黑板的黑　黑毛笔的黑
黑手手的黑
黑窑洞的黑
黑眼睛的黑

外　外　外面的外
窗外的外　山外的外　外国的外
谁还在门外喊报告的外
外　外——
外就是那个外

飞　飞　飞上天的飞
飞机的飞　宇宙飞船的飞
想飞的飞　抬翅膀飞的飞
笨鸟先飞的飞
飞呀飞的飞……

全诗围绕五个汉字，展开想象，以日常事物入诗，写人生的大理想。第一节以汉字"蛋"起笔，"鸡蛋""调皮蛋""乖蛋蛋""红脸蛋""马铁蛋"，这些词汇朴实而有地方色彩，投射出落后的农村现状和村小简陋的环境。第二节以"花"起笔，色彩饱满热闹，给了诗歌简朴的美色，尤其"王梅花""曹爱花"这两个质朴到土气的名字，读来亲切，使诗歌更接地气。第三节围绕一个字"黑"，与第二节相比色彩单一了，但意蕴却更深厚了，"黑窑洞""黑手手"喻示现实的黯淡，黑板属于学习的范畴，黑眼睛表现孩子们内心的渴望，为下文做好了铺垫。第四节围绕"外"，由窗外到山外，再到外国，场面逐渐扩大，也是人生视野的扩大和理想疆域的拓展。第五节选用动词"飞"，以飞起笔，以飞落笔，暗示梦想的实现要靠行动，只有飞翔，才能拥有天空，是鞭策和提醒，也是激励。尾句的省略号更是为读者留下了广袤的思考空间。全文由鸡蛋到花朵，到写字的黑板，再延伸到外面的世界，随后引申出飞翔的梦想。亦步亦趋，层层递进，一步步展示了孩子追求梦想、放飞梦想的愿望，也渗透成年人对孩子梦想的呵护、尊重、期待和信赖。飞翔的梦想是人生的宏愿,宏大的梦想与简陋的村小环境形成对比,强烈的反差带来强烈的冲击力。语言极致浓缩,意蕴丰厚深远,外延无限广阔,评论家樊发稼说这首诗"语言的浓缩度是个奇迹"。

电话亭下的男人哭了

作者:蓝野

一个高大的男人
躲在电话亭那黄黄的帽子下
圣诞夜,这个男人
哭了

他刚刚结束了通话
他刚刚接过了悲伤
他突然蹲下
旁若无人地哭了

远远地
我祈望电话铃声突然响起
那响起的电话
会再次安慰他
安慰这冰冷的夜

大街竟然是寂静的
一点响声也没有
那个男人,却又站了起来
他摘下话筒,没有插卡拨号
就轻柔地说话
他哭着,轻柔地说话
我的眼睛真不适应这迷蒙夜色啊
把脚步放轻,快步溜走
我怕惊扰了这街头的每一个梦

这首诗采用横断面式取景,容量更像是一个小说,"圣诞夜"这个时间应该是特设的,节日暗示温情和相聚,但在孤冷的街头,一个男人结束了通话,他接过的不是喜悦和祝福,而是悲伤,这个悲伤直指通话的内容,通话的内容是什么? 电话那一端的是谁? 这些都是谜题,但作者并没有顺着读者潜意识里的期望去破解这个谜题,而是笔锋一转,"那个男人,却又站了起来他摘下话筒,没有插卡拨号就轻柔地说话他哭着,轻柔地说话",这个男人再次打电话,轻柔地说着话就已经让这首诗歌有了另一条生路,更精妙的是在没有插卡没有拨号的情况下轻柔地说话,这一举动把意境和情感提升了好几个段位。诗人把主人公放在一个特定的时间和环境里,细致入微的观察和清晰精准的表达,以写诗的方式来讲故事,老猎人般的取材敏感确立了诗歌的独特视角,语言的低调朴素更能反衬出意蕴的幽深高妙,(或许这类题材的诗歌,语言要删繁就简,极致朴素,才不然会抢占了故事的风头,造成诗歌内部语言和故事的内讧)。插卡拨号打电话是生活的正常态,是写作的顺笔陈述,不插卡不拨号打电话是生活的反常态,是逆笔起锋,让故事变得陡峭,把一条路走成了悬崖。

五、洞明。曹雪芹有言:人情练达即文章,世事洞明皆学问。洞明是一种透彻,练达是经验累积到一定厚度后,可以凭借着直觉而对世事做出的直击靶心的判断,诗歌里的洞明是迷雾后的真相,是因一人一事一景而悟出世事万象。

情妇

作者:郑愁予

> 在一青石的小城,住着我的情妇
> 而我什么也不留给她
> 只有一畦金线菊,和一个高高的窗口
> 或许,透一点长空的寂寥进来
> 或许……而金线菊是善等待的
> 我想,寂寥与等待,对妇人是好的
>
> 所以,我去,总穿一袭蓝衫子
> 我要她感觉,那是季节,或候鸟的来临
> 因我不是常常回家的那种人

"而我什么也不留给她/只有一畦金线菊,和一个高高的窗口",不是别的花,是金线菊,应该是作者特设的,因为这种花的是菊科中开花最早的,却是凋谢最晚的,花语是漫漫无期的守候和等待。诗中的我终究还是为了自己,让女人守着寂寥,等待候鸟一样的我,而我,"我什么也不留给她",这个"什么"包含哪些东西呢? 物质层面的家居、衣裳、金钱、孩子、传家的手镯、体面的婚姻、精神层面的尊重，陪伴，回忆，时间，情书，有尊严的社会关系。男人给女人什么都不留，应该有两种可能。一种是这个人本身贫瘠，什么都不拥有，从头到脚，从里到外，从精神到物质都是贫瘠拮据之人，尚且难以自足，那有什么留给别人，留给情妇，这样的男子对自己都没有能力去爱，怎么爱得了别人。所谓的那些求爱，本质只是一种求救，以爱你的方式化解年华消逝的危机，以图解困自身的中年危局。躲到你的身边，本就不是为了爱你，而是为了逃避，暂时地避开自己原来的圈子，借你的港湾短暂地栖息，本不是归人，怎会久留，只是过客，只是自己走累了，恰逢有你的小店，打尖歇脚，补充干粮而已，不是缘定的你，只是碰巧是你。其实，若碰巧的是别的女人，也是一样。所以呢，这首诗看似情意绵绵，但不是写爱和喜欢的。男人给女人什么都不留，还有一种可能，就是从精神到肉体的双重疏离和警惕，他是不想和你的生活有任何的沾染，生怕自己在你那里落了痕迹，他打算随时风轻云淡地撤走，撤离你，来和去，都只为自己的畅快，而你，你？你存在吗？你只是我的情妇，我的生活的边角料，而已。男人若是喜欢你或者爱你，就会对你有天然的亲昵感，喜欢你遗落的发丝，你的香水味、口红印、烟蒂、你养的绿植、翻开的未及读完的书、喝水的杯子、晾衣架上半干的衣服……只有不喜欢，不爱，才会如此淡然，像候鸟，像季节，这不是因为他生性淡然，个性洒脱，也不是顺其自然的随缘而定，而是内心蓄谋已久的疏离，看似无心，实则招招皆计谋，每一步都给自己留足了退路，这才是成年人之间的兵法，不见血，已封喉，作为女人，当你感到疼的时候，已经是很严重的内伤了，当你觉得疲累的时候，差不多也是功力失绝，情致幻灭了。

　　作者打破题材的禁忌，用诗的框架和语言，以众人皆醉我独醒的通脱警醒和隔岸观火的淡定从容，深思谋篇，沉心布局，巧妙埋线，活用隐喻，借用私人情事，来写透人心世事。大师之高明，就在于通篇不见凌厉之语，疏离之词，初读时觉得像是两个人之间欲擒故纵、眉来眼去的调情，只有读懂了才能读出寒气，都不能说是薄情，因为根本就没有情。

　　六、无为。"无为"二字在甲骨文的象形字和大篆金文中都表示"乐舞"，据字源学考证，这是上古时期人与神灵相交通一种肢体语言，本身就具有神秘感。后由道家提出并发扬光大，思想基点为天地与我并生，万物与我为一，倡导人们遵循自然趋势，顺天意而行事，调万物以其和，在人性修养方面强调清净自守、谦卑自牧，以达到自足其性的身心静定、神气冲和。无为并不是消极意义上的无所作为，而是顺应天时、地性、人意，随缘而动，不强求，不妄为，以无为而自化，求无欲而自朴。与诗歌创作而言应该是说一首诗要有语言的肉体凡胎，更要有情志的仙风道骨，空灵出尘，洁净少欲，存原味，保真义，守弱平和，内蕴通达而飘逸。

《随黄公望游富春山》序诗

作者：翟永明

从容地在心中种千竿修竹
从容地在体内洒一瓶净水
从容地变成一只缓缓行动的蜗牛
从容地 把心变成一只茶杯
从来没有生过、何来死？
一直赤脚、何来袜？
在天上迈步、何来地？
在地上飞翔、何来道？
五十年后我将变成谁？
一百年后谁又成为我？

除了这首诗之外，《随黄公望游富春山》整部诗集的韵调都是渺远的，寒凉的，像深山古刹里的僧人，青灯黄裹，吃斋诵经，饮风听月，不知山外事，对人世无怨怼嗔喜，无索求，无寄愿。翟永明的诗不是在用语言，而是在用气息，那口清气从胸腔里提起来，缠绕、上升到唇齿间，稍作盘桓，再轻轻地呼出来，不发出任何声响，像在用古老的唇语说话，不求有人听，不求有人懂，甚至也不知道说给谁听，只是以直觉说出来，这让翟永明的诗有一种不可言说的仙气，恰如山有闲云清风，闲云无心，清风无欲，世事空渺轻灵如一叶扁舟，消匿于云雾不尽的水天相接处。写诗的人也不知来于何方，归于何处。"闯进剩山冷艳之气落叶萧萧\我亦萧条剩山将老\我亦将老"，人与景共存，与山俱老，像存在，又像不存在，把入世和出世结合得如此微妙，天衣无缝，促成了画意诗意的水乳互融。

七、古雅。古为远久厚重而有历史质感，雅为脱俗俊逸而有情致蕴藉，古雅更指对汉语传统的沿袭、发扬、再造。李商雨在《论原型汉语》一文中写道："柏桦可以说是20世纪以来，中国第一位自觉地致力于原型汉语写作的大诗人"，张枣为其书写序中说他有："将迷离的诗意弹射进日常现实深处的本领"（张枣为柏桦的《左边》一书所写的序《消魂》）。读柏桦的诗，就如看到一个人坐在繁华深处，坐在江边的高亭里，手执一盏热茶，这茶应该是茉莉龙珠了。此茶因形似苍龙抱珠而得此雅号，香白富丽的茉莉和清肃的烘青绿茶混合窨制，叶形条索紧细工巧，绿润显毫，入沸水，即见茶珠在水中翻滚，缓缓舒展，片刻氤氲后，汤色明亮如绸，入口微苦，悬舌而回甘，香气更是醇厚悠长。

过杭州

作者:柏桦

十月孟冬乃有小春天气,
我们在杭城穿越繁华:

猫儿桥畔魏大刀肉熟
钱塘门外宋五嫂鱼羹
南瓦子前吃张家圆子
涌金门边河南菜灌肺

金子巷口遇傅官人刷牙
沙皮巷又逢孔八郎头巾
三桥街上走马姚家海鲜
李博士桥下观邓家金银

太平坊里坐郭四郎茶室。
南山路丰乐楼,吴梦窗
书莺啼序于壁,绕晴空
燕来晚,飞入西城开沽

流香、凤泉、思堂春酒;
橙醋洗手蟹,紫苏虾儿
烟柳画桥风帘翠幕……
人生对此,可以酹高楼。

　　孟冬最好,恰如小春,"我们在杭城穿越繁华",这一穿越,应该是到了南宋,因为诗中出现的所有街道,店铺,菜品、酒名,在南宋的史书中都有记录。南宋设都临安府,旧址在今日的杭州,也称杭城。任凭世事更迭,江山易手,风雅杭城,自古至今都是一派无休无止的繁华盛景。

　　由"猫儿桥畔魏大刀肉熟"到"李博士桥下观邓家金银",诗人用繁密的场景铺排,营造出煊赫雍容的场面感和厚重古雅的历史感,把读者带入了千年之前的杭城盛世。吴自牧在《梦粱录》中关于"猫儿桥"的记载有:"福坊东,日平津桥,俗名猫儿桥",后人考证"猫儿桥"位于贤福坊,相当于现在杭州的惠民路一带。"李博士桥下观邓家金银"也是符合史实的,《梦粱录》中载有"杭城市……市西坊(今羊坝头)南和剂惠民药局。局前沈家张家金银交引铺……李博士桥(今中山中路)邓家金银铺"。诗中出现的店铺名称有"魏大刀肉熟、宋五嫂鱼羹、张家圆子、河南菜灌肺、傅官人刷牙、孔八郎头巾、姚家海鲜、邓家金银、郭四郎茶室",这些也符合宋朝店铺的命名规则。宋朝的店铺多以姓氏加经营类别命名,既彰显家族荣耀,又突出了店铺特色,如陈家彩帛铺、舒家纸扎铺、凌家刷牙铺、孔家头巾铺、张古老胭脂铺、香家云梯丝鞋铺、李官人双行解毒丸、戚家犀皮铺、归家花朵铺、周家折揲扇铺、陈家画团扇铺……

诗中的菜品蔚为壮观且意味深长。"灌肺"为河南名菜,南宋时又称"香洪肺"、"香辣渡肺",以猪肺(或羊肺)为囊,用核桃仁、松子仁、杏仁等多种配料灌制而成,浓郁味美,咸鲜可口,对肺虚咳喘、肠燥郁积者有一定的食疗功效。元代的《居家必用素类全集》,明代的《多能鄙事》等古籍,对其均有详细的记载。橙醋洗手蟹可是宋代的至尊美食,宋人傅肱《蟹谱》中有:"盥手毕,即可食,日为洗手蟹",赞其食材鲜美,烹调迅捷,洗手之功夫,菜品已上桌了。高似孙在所著《蟹略》中解释道:今人以蟹,沃之盐、酒,和以姜、橙,是"蟹生",亦曰"洗手蟹"。宋代《东京梦华录》对洗手蟹的制法也有详细的记载,生蟹味腥,加橙肉泥和醋去腥味,再加梅卤和茴香末等以助其鲜味。对于洗手蟹之美名美味,后代文人更是不惜笔墨,东坡有诗:"半壳含黄宜点酒,两螯斫雪劝加餐";陆放翁诗:"披绵珍鲊经旬熟,斫雪双螯洗手供。"苏舜钦也写道:"霜柑糖蟹新醅美,醉觉人生万事休。"有蟹有酒,有酒有诗,何妨一醉?诗中提到的紫苏虾儿也是一道颇为风雅的菜肴,紫苏为名贵香料,紫苏虾儿是以紫苏叶捣汁,腌渍鲜虾,煎煮即熟,辅以花式装盘,上桌配酒,更增雅趣。橙醋洗手蟹和紫苏虾儿除了食用价值外,更是折射出当时社会的生活现状和饮食风尚,凡饥寒灾荒之年代,食物粗朴简单,求肥腻,求易得,简单烹煮温饱果腹即可,食者也是饥渴而来,饕餮而去,至于去腥除腻增香更是不作他想。只有歌舞盛隆诗酒如花的太平盛世,才对事物的色香味力求考究,有华衣,有闲情,有酒有诗,方有酣畅醉饮,饮而不归。食物只有脱离了果腹之刚需才能成为一种饮食文化,积淀成一种社会风尚。从这个角度而言,诗人在写食物,也是在写时代,是在借助食物描绘铺展出风雅南宋的时代志趣。

"南山路丰乐楼,吴梦窗书莺啼序于壁,绕晴空燕来晚,飞入西城开沽",丰乐楼是当时最为著名的官营酒店,又称白矾楼。其结构为三楼相高,五楼相向,高低起伏,参差错落,楼与楼之间用飞桥栏槛,明暗相通。南宋陈元靓所著的《事林广记》存有其完整的建筑图谱,王安中作诗《登丰乐楼》为赞:日边高拥瑞云深,万井喧阗正下临。金碧楼台虽禁御,烟霞岩洞却山林。巍然适构千龄运,仰止常倾四海心。此地去天真尺五,九霄歧路不容寻。当时与之齐名的还有西楼、中和楼、太和楼、和丰楼、春风楼、西楼、太平楼、先得楼等官营酒店,以及熙春楼、三元楼、花月楼、日新楼、五间楼等私营酒楼。丰乐楼的自酿酒名为"眉寿"、"和旨",史传可供应三千小铺,足见其盛隆之况。此楼吸引了当时的达官显贵,文人墨客,其中就有吴梦窗,其人词名极盛,有绵丽为尚,思深语丽之风。本名吴文英,号梦窗,著作有《梦窗词集》,《莺啼序》为吴文英所创的最长的词牌。史载:"淳祐十一年二月甲子"(公元1251年,时词人五十二岁),登楼而游,游而兴起,在该楼壁上大书《莺啼序》,原文中有"残寒正欺病酒,掩沉香绣户。燕来晚、飞入西城,似说春事迟暮",柏桦在此诗中活用典故,变句为"绕晴空 燕来晚,飞入西城开沽"不规则押韵,古风今韵,各具其美。

流香、凤泉、思堂春酒,皆为宋代名酒,名字足以醉人了。《西湖老人繁胜录》和《武林旧事》中都有记载,详释如下:"蔷薇露、流香(并御库);宣赐碧香、思春堂(三省激赏库);凤泉(殿司)、玉练槌(祠祭);有美堂、中和堂、雪醅、珍珠泉……。陆游著《老学庵笔记》卷七载"寿皇时,禁中供御酒,名蔷薇露;赐大臣酒,谓之流香"。"烟柳画桥风帘翠幕……"出自柳永的千古名篇《望海潮》:"东南形胜,三吴都会,钱塘自古繁华,烟柳画桥,风帘翠幕,参差十万人家"。拟想当时景致:弱柳含烟蹙眉,月桥玲珑如画,风动如帘,翠隐如幕,这是茶馆酒肆的自然背景,也是珠玑罗绮的豪奢盛世的时代背景,更是身处盛世的人们浪漫旖旎红情绿意的情感底色。至此,情志所集,"人生对此,可以酣高楼。"此语出自李白的《宣州谢朓楼饯别校书叔云》,原句为:"长风万里送秋雁,对此可以酣高楼。"诗酒共祝,酣醉高楼,当属人生无憾了。

纵观全诗。第一节开篇点题,第二三节,说吃喝日用金银,茶肆酒楼,屋宇栉比,一派市井喧嚣的人间烟火气,热闹至俗,像涂脂抹粉锦衣彩裙的丰腴夫人,甜腻温软地让人忍不住想亲近,第三节以"太平坊里坐郭四郎茶室。"开场,由茶室为转折,笔调忽转,用典互文,辅以锦绣之思,罗绮之语,使全诗风颜大改,品茶,谈诗,饮酒,吃蟹,实现了由俗至雅的过度。全文雅俗共集,文脉一气,是传统汉语写诗的高标践行之作。读柏桦的诗,就如看到一个人捧着 杯茉莉龙珠,观长河坏伺、落日熔金,耳畔云来云去,风落风起。就要这样的一个人,坐在这样的一个地方,捧着这样的一盏茶,茶是浓的,景是繁华的,人的心却是淡的,穿花而过,花叶不沾身的淡,身处繁华,心居世外的淡。语言是浓烈的,场景是密集的,情调却是闲散的,因为心是闲散而没有欲望的。笔下写得繁华,人却在繁华之外,不是高靴翎羽登台演戏的人,而是坐在台下看戏的人,人在戏外,没有扮相,一处偏安,看别人的热闹,度自己的闲世。柏桦的诗有繁复庞杂,雍容华贵之气,又有寥远无为、温润疏朗之风,如他在诗集的扉页上写下的:"一种美,五常如数学,王气杂兵气;一种美,我不是宋儒,是六朝荡子"。

八、平白。平为无起伏,无回环,不生波澜。白为不着色,不渲染,本色示人。诗之平白就是语言的删繁就简后呈现出的清水拂面的简净纯朴,情感去伪存真后沉淀出的水天澄澈的玉壶冰心。此类诗歌,火候最难掌握,太平则流于口语,太华则失之本味,言淡情真,后味悠长才是平白之诗的要义,正如素衣素颜能看出美丽的都是美人,词语寡淡却诗意浓稠的都是好诗。

给妻子

作者:周所同

你是一粒米,我是另一粒米
放在一只碗里,就是我们的日子
没有什么比少比穷更需要节俭
那年月,除了守住一缕炊烟
我们像仅有的两枚纽扣,等待
女儿出生,为她缝制一件御寒的衣衫
萝卜、白菜加上粗木的桌椅板凳
再加上一盏灯,生活则更加简单
同一片云彩下,我们顶着同一片雨水
来回奔跑,像燕子衔泥垒窝一样
奔跑,为省下一粒盐、一杯奶
我们曾徒步走过停在身边的车站
关掉灯我是黑夜,推开窗你是白天
从青丝到白发,我们是一样的柴米油盐
相互改变又相互依赖的岁月里
仿佛只做了一件事,把女儿养大
把老人养老,而我们还是那两粒米
不曾多也不曾少,还在一只碗里
这辈子,给你的太少欠你的太多
唯愿你比我活得更加长久,如果
还有来生,还有相遇的路口
我会补上今生欠你的嫁妆和指环
还想听你的唠叨,埋怨,甚至争吵
当然,我们还是那两粒纽扣
当然,我们还要把女儿抱在中间

　　此诗质朴如洗了多次的旧衣,柔软而妥帖,选取最简单的文字,做最简单的叙述,全无赘饰。米粒,粗瓷饭碗,纽扣,女儿,萝卜,白菜,桌椅板凳,或许生活就是如此简单琐碎。全诗语言和意境的返璞归真,情感平易,脉络清晰,读来平白如话,而别有后味。

如两个人面对面坐在小板凳上，隔着桌子说话，喝茶，有一句没一句地说着家常。

九、灵异。这个词位于阴阳两界的交界处，有神性和巫气，像一把雕着精细花纹的钥匙，可以打开鬼神两界的玄铁大门。

粉红

作者：李云枫

从早晨开始下雨 亲爱的 雨是粉红色的
从屋檐上一直垂下到地下
一片红色的带子
亲爱的 我就在这红色的后面生病
我能听到一切
甚至他们要进行的一次秘密谋杀
一切是粉红的 声音更红
雨粘稠地挂在门口
亲爱的 我一遍遍躺在床上写你的名字
一片灿烂的红雾
它就在纸上一点点浮起
你瞧 即便到了深夜也是这样
我已无法回到梦中
病拿着钥匙 一次次敲出刺耳的噪音
亲爱的 夜已消失了 我被遗留在床上
缓缓地流血

李云枫的体内住着一座热带雨林，青木的芬芳，灵兽的隐迹，暗暗燃烧的绿色露珠，蓝色火焰摇曳的深湖，藤萝缠缠绕绕的莫测的路途和人间最秘而不宣的心事。他的面前有另一个我们看不见的世界，他用我们听不懂的语调诉说、祈祷、祝福、诅咒，每一首诗歌都像温柔的咒语。诗歌创作中，有些人是故意扮演幽灵，李云枫本身就是幽灵，诗与画皆是。他的画中，人的身体缺口处长出妖娆的红花，眼睛像叶子一样伸长手臂，心脏离开身体在空中摇曳如鱼，脚和腿发芽，长出细密根系。女巫穿着红斗篷，住在灰森林里，床透明如水，漂浮在灰色的枝丫间。鬼魅、妖异、扑朔迷离、温柔粗暴，又自恋又自虐的如午夜梦魔般的文字带给读者侵略性的阅读体验，一种残酷的享受，狂欢至死，哀艳如梦。

十、慷慨。表现为用语至刚至阳，节奏铿锵有力，情感肆意奔涌，多为直抒胸臆、表达志向之作。慷慨之诗多以情感先行,情引意动而后成文。

我的祖国

作者:雪马

我的祖国只有两个字
如果拆开来 一个是中 一个是国
你可以拆开来读和写 甚至嚎叫
但你不可以拆开字里的人们
不可以拆开字里的天空
不可以拆开字里的土地
不可以拆开这两个字合起来的力量
如果你硬要拆开
你会拆出愤怒
你会拆出鲜血

这是慷慨之诗,也是愤怒之诗,每一个句子都是淬火的钢刀,作者观点鲜明,情感激荡,全诗歧义双关,以拆开汉字指喻分裂国家,以写痛恨来写热爱,有慷慨激昂、纵枪跃马的豪情。口语诗歌用语直白,一开口就是"拳打武当脚踢少林"自报家门,一气贯注,一笔写成,言尽即意尽,无法纵深和延展,没有悬念,就不会激发读者深度解读的阅读渴望,没有预设的留白,就没有想象的空间,所以这一类作品中情感的瀑布式飞流宣泄带来痛快感的同时也带来空洞感,变成标语式,口号式的单面写作,流于浅近直白而难于抵达深刻的内核。

现代诗门类庞杂,难以穷尽,泛泛而读,信笔写下所感所思,存为记。

谁在倾听蛇的呓语

——段若兮诗歌札记

北　浪

　　这显然是一个不置可否的题目,它其实完全不指涉疑问或答案,换成一种更直接的表述方式,也可以是:"她像蛇一样发出呓语"。在我看来,"呓语"一词,最能恰当地概括新生代诗人以表达个性化的情感体验为特征的诗歌写作。这里的"谁",意指倾听者的存在。一直以为,借助表现人类思维的最高形式的诗歌来与世界对话或自我抚慰,是一种非常冒险的举动,即便是喃喃自语,也极容易因为无效而导致绝望。尽管那么多的年轻人还在以诗歌的方式表达内心的秘密和情绪,试图用诗的方式把本真的自我展示给世界。有大批网络青少年,即便不写诗,也绝对和诗建立了间接的特殊关系。而且,新世纪以来,那么多的官办甚至民间诗歌刊物都相继创办了下半月刊,在一个月里刊出的原创诗歌,远远地超过了小说与其他文体作品产量的总和,这还不包括网站、论坛与博客化的诗歌。虽则如此,现代社会把诗歌排挤至边缘的事实,也许正是诗歌无效性的充分证据。在一次公开场合中,我表达了这样一种肤浅的个人理解:诗歌,绝不可能使诗人变得更强大,而是相反,它只能让我们的精神更加娇弱,加重灵魂的虚无与绝望感。在如此众多的诗歌写手中,段若兮的出现原本是很正常而自然的,她简短的书写阅历和为数不多的诗歌文本,虽然尚未被主流媒体或众多读者接纳和认可,但她出其不意而带有陌生感的出场方式,带给读者的震撼却是异常强烈的。

在这里,评析她的诗歌,确实给我对言说立场与表述方式的选择同时带来了深重的考验与难度。她源自命运与痛感的书写,冷峻、凛冽而苍凉的语言感觉,恍惚而又迷幻的语境所营造的沉重的诗意氛围,超越了表现主题的表层而深入到内核,貌似非常"轻松"和"随意"的书写姿态,使其作品显示出与当下诗坛互仿性公共面目截然有别的异类特质,同时也有效地获得了立体化的审美韵味。《湖边拉二胡的人》以第二人称的叙述与独白语态,主体的想象调动语言直接切入动态的诗境,把赋予生命和灵性的自然意象与生活道具的意识能量无限放大,寓于很繁复而唯美的想象性体验——

> 身后的山交出灵魂
> 只愿做你的布景
> 而湖水
> 把你的倒影孵化成满池莲花
> 鱼咬着琴弦
> 涟漪如花 开成花海
> 莲花开在你的胸中
>
> 是琴弦带着你的身躯和手指
> 在人间流浪
> 琴弦是小木船
> 城市 粉面如花
>
> 莲花开在你的指尖
> 整座江山
> 都醉倒在你的琴弦上

其实,"独白"与"想象"对于文学而言,都是非常简单、自由的原始性技艺,在文学意义上的文本(包括口头创作)生成的初始阶段——单纯的童年期,它们没有套上后来日渐严格的逻辑修辞枷锁与美学陈规。我所说的"轻松",可能会曲解了她,但她的书写,无不彰显着其简单、知性、清朗与天真。她会说:"闭上眼/就会看见天堂""把夜晚放出笼子/把呼吸折断/把河流折断/一枚叶子睡在所有的叶子中间/睡在怀中睡在背上""醉了的夜是一匹坍塌的黑绸子……/用白月光把你裹紧"……

就这样,她随意、自在、无忌甚至有点荒诞与极端化的语调,传达出明显的童贞与天真。我非常赞赏诗人吕约的见解:"人最理想的语言状态,就是自己小时候,童言无忌,大人说的话有很多伪装,而童年语言没有被扭曲。成人后,我们说着很多言不由衷的话,而在我们童年,以及人类童年(远古)的时候,语言是真实和诗性的互现,这是诗歌的梦想。"因此,在诗歌写作中的语言、技艺与修辞等智慧主义被过于提升与扩大化的当下,天真和"轻松的探索"尤为可贵,它可能会更有效地突显本心、直感与真相,展示诗人内心与外在世界的深度关联,还原诗和语言的本义。

　　黑色的泉水盖过骨骼
　　鱼在鱼鳞中不敢哭泣
　　黎明到来之前
　　记得把每一滴血都缝补好

　　"记得把每一滴血都缝补好",这是她在《白夜》里写下的富含深味而又别致的句子。在文字语言诞生之前,人类以身体(肢体)语言来沟通和传递情感。由此可以断定,最初的艺术,都是以身体为载体的,身体意象是文字语言的母本。"血"与"骨头"是段若兮所钟情且使用频率很高的意象,这一对凝聚着生命、时间和死亡的人与艺术主题和原初性的词汇,一直贯穿在她的诉说方式之中,并渗透进诗的肌质。它们隶属于灵魂,又是灵魂的容器,一红一白,一柔一刚,交相映辉,炫目而凄冷,浑浊而干净,隐喻着生命的活力、冷清、硬度、久远、裸露、破碎与无序……呓语,也是摆脱黑暗中的幽灵对精神监控时的倾诉与祈祷之音。语言文字和诗歌是原始性的先在,其表现形态是抽象而多样的,诗人是在其诞生之后到来的。这就是为什么,本真的诗歌总是带着诗人自身独特的气息。语言在诗人那里是神遇、领悟与启示,而不单纯是检索或创造。真正意义上的书写,是通过语言来展示生命、灵魂与感觉刺激的实情,让语言的光辉洞明存在秘密的核心,而不是一味表达智性的判断与思考。段若兮自己也说过:"人和诗歌的灵魂不能被语言及其局限性所压制。"为突破这一局限,她不厌其烦地以意象的反复循环强化心向之境。《幻·真》是她诗歌书写最初的语言实验,诗的整体构架几乎就是由"白骨"这一身体意象支撑起来的——

　　我是白雪之下
　　泥土之下
　　清澈的白骨
　　……

　　被光阴撞伤的青鸟
　　把翅膀紧紧地抱在怀中

檀香不枯
眉间朱砂褪尽的前夜
一具白骨
向我张开残损的胸膛
像洞开的家门

　　缓和的陈述语气并没有弱化诗的表现力，意象本身使文本十分引人注目，这里的"白骨"，不是喻体，而是喻本，或者说是二者合一。和"血液"一样，具体的身体性语素一再表明，段若兮所关注的是自我本身，是生命情绪与体验向内的缩聚而不主要是外在因素的干预与强加。血液之于女性而言，是孕育新生命的源泉。在诗人那里，血液也是语言和诸种情感与想象诞生的源头，可能也是"洞开的家门"本身；"清澈的白骨"也是液态的，无论它多么坚硬或古老，都离不开"血"这一具备无穷的孕育与再生力的神秘之物的滋养——即便它是生命彻底化生至"荒芜"的唯一物证。她的这种诗歌语言深含人的体温与骨血，给读者施加着不可抗拒的挑衅与魅惑。这正好在无意中迎合了尼采的审美偏好，他说："凡一切已经写下的，我只爱其人用血写下的。用血书写，然后你将体会到，血便是精义。"段若兮在由内而外不断敞开的叙事想象中，无意识地构建着极富个性的个人诗学。

　　不管文化与强大的现实规约如何完美，它们在事实上的确不能维护或成全生命的安静与欲念，变故与梦幻常常轻而易举地把一切打乱或破坏，于是她便不由自主地以某种偏执的表现倾向，让语言错乱杂陈、重复堆积或大幅度跳跃，依此强化着生命急切的意愿与感受，还原生存的虚无、暧昧与荒诞体验。另一方面，她又试图通过对语言的强行控制和引领，把生命的期许嵌入语词之中，抵达欲望与语言的双重"所指"，在貌似语句混乱地随机组合中，发挥词语的及物性与意味的自动生成机能，在对事物与写作惯有逻辑的颠覆与背叛中，重建秩序与意义。从阔远的高处翱翔降落到幽暗的底谷，从迷途到更危险的迷途，在有形与无形之间周而复始地轮回。她可能彻悟，一切存在都是偶然的，欲望和现实秩序的冲突与紧张关系根本就无法达成和解，而且经验、理性、技术与社会规范等又极不可靠，干脆就让灵魂和骨头无忌无束地自由高蹈，让血液涌流成诗行，时间的意志把脆弱而短暂的生命雕饰成诗的天然形体，纷呈的幻象与瞬间的停歇，表征于语言的速度与表现强度。

　　在《诗人》中，她试图以诗人的浪漫激情与无所顾忌的野心逆向深索，令她惊异的是："每一条倒悬的路I都与母亲和神灵有关。"一切必须回到常态，诗意的幻境与现实境况一样，都使人因为挥之不去的对母亲的感恩情结，和对神祇不可抗拒的虔敬而受控或自控，由此感到极度失落与无助。即便在梦魇或迷醉之中，她依然知晓，身心渴慕的昔日英雄永无归期，于是便以"酒"之名，自陷于黑暗或尘世风暴的中心，不是为了获得拯救或彻底解脱,而是要成全人性荒野上饥饿无助的"野兽与魔鬼",并乞求与之为邻的"神灵"来帮助其保全假象或道具意义上的"躯壳",将之"祭献给人间":

捧起这沉睡的风暴
这沉睡的野兽
魔鬼和神灵背靠着背
女酋长在湖水前梳妆
战马上的英雄 我知道
你不会回来

住在隔壁的魔鬼
请帮我
把我的内脏和骨骼掏空
住在隔壁的神灵
请帮我
把完整的躯壳祭献给人间

在此,如果不是作者坦言自己是以男子的口气所表达的铿锵、绝望、坦荡、无畏的祭献情怀,我们丝毫也察觉不出这一信息。在"被爱"与"去爱"、女性与男性身份的错杂并陈中,语序依然显得单纯简约而未陷于混乱。

不管是正在尝试或已经确立,以这样尖锐而奇诡的意象、激进的语势和语义转生中弥流的光泽建立起来的修辞风格,无疑是新颖而有价值的,貌似节制而柔和的自白语气根本控制不住巨大激情的泛滥。月色的清辉与蛇的表情适合用来比喻借助文字完成蜕变的段若兮——这一判定,同时源自她孤独而忧郁的诗歌基质。她孤绝而淡定地隐匿在自己划定的心灵秘境,修习"越轨"的本领,冒犯读者常规性的阅读体验。既有的诗学定义与准则,都不会束缚和干扰她。她也不会轻易地认定,寂冷的血和骨头,就是那个曾经异常温热而葳蕤的生命结局或遗物——

一条冰凉的蛇
托着山那边竹林的气息思考
会让人变成古墓里的花瓶
荒芜的璀璨
从前世一直燃烧到今生

这首《村庄》的语言特点可以看作是段若兮表达风格的代表作品。"黑森林""红色的鱼""黑丝绸""桃花""竹林的气息"等充满原始意味的元素所构成的村庄，分明是伊甸园的遗迹或缩影，但我还是要"坐在夜里/坐在这柔软的黑色丝绸里/把世界从窗口推下去/把呼吸熄灭/这个村庄/只剩下我和一株桃花"。

在费力地给她的这种言说方式寻找恰当的概括时，我再次检索到了"呓语"这个词——虚拟、含混、乌托邦等特性全部具备。她得以创造性地突破生活与现成的诗歌语言惯有逻辑和涵义的局限的驱动力，是对个体生命自由的追逐、对精神世界的仿真临摹以及对变幻莫测的生存世界的无法把握。妖娆绽放的青春生命为什么总是渴望飞翔？村庄何以不可阻止地日渐"沉没"？诗人是无法给出解释的，因为人自身，就是一个无法认知和破解的"谜团"。

为此，我不妨给这个有点肆无忌惮而又喋喋不休地发出"呓语"的年轻诗人，找一个替身——蛇。传说中，蛇是参与创世的重要角色，因为违背上帝，其身份在天使与魔鬼之间转换；而在现实的生态世界里，它的声息与行迹在人的主观理念里，始终被视为另端与异类，这也注定它要自己选择隐秘而幽暗的居所，审慎地提防着无辜遭受围攻或侵害的尴尬而局促的命运——这与一位纯粹诗人的现实处境是极其相似的。在中国民间，人们一直对蛇敬而远之，每遇到它，绝不可以随意伤害，而是虔诚地将其恭送到安全的地方。在渊源的巫术世界关于梦的注解里，梦蛇入怀就是孕育贵子的预兆，这是一种多么渊深而复杂的生命关联！

出生于20世纪80年代的段若兮对"蛇"这一神秘意象的引入，无意中暗合着伊甸园的暧昧幻象与奇景：她把蛇这位人类的"启蒙者""先知"，戏剧性地设置在作为原本是人类的出生地与归宿的"村庄"。段若兮不愿意使用"故乡"这个涂满了假象色彩的词，她对所谓的故乡或地域性诗歌及其意象是非常怀疑和警惕的。她的《农人》《夜阑》等作品中尽管引进了不少的乡土语符，但还是与"月光""翅膀""天空"等动态与阔远的意象联结一体。"故乡"在她的意念里，仅是一个驿站或临时的栖身之地，它极易沦陷，在整个宇宙村里渺小得仅能容纳一粒尘埃。它有限的历程与不确定性，根本不足以焕发出一个通灵而单纯的诗人身心里固有的丰沛诗性。如果把伊甸园假定为人的第一故乡，那么，这位充满了智慧、冒险、勇气与浪漫精神的天使与叛徒——蛇，开导并唤醒人类的初衷与缘由究竟是什么？它洞悉一切，又自招酷刑，无怨地顺从着苦役的宿命。也许真的毫无出路，它遂以不容侵犯的冷意、孤傲而漠然的眼神，与这个荒诞的生命世界缠绕又敌视，用无声的呓语和隐忍磨砺的匍匐，捍卫着完美的舞姿与尊严。

肋骨在歌唱和哭泣
血液和血液彼此缠绕

炊烟和老歌谣会找到你
牵着你清甜苦涩的梦呓
回到村口

　　蛇,是在蜕变中发育成熟的精灵。蛇在两性选择中,是决绝而残酷的(可能也是无奈的)。段若兮只有两句的短诗《萤火》正好与此暗合:"如果不能足够温暖/请赐我永世孤独。"蛇依赖不断更新的体肤感知生存世界。据说它的腺体极不发达,神情木然,视、听、声等感官的功能极差。如同段若兮在《幻·真》中无意与之对应的诚恳告白:"我是清澈的白骨/不会哭泣 不会跳舞/没有年华和容颜/一根荒芜的琴弦……"然而,蛇的腰肢曼妙的近乎疯狂的舞蹈、攻击与逃奔时的敏疾、倾情于爱中的决绝与深情……在对爱情的领悟与揭示中,段若兮把她神往的真爱虚拟在浪漫而质朴的古典情境中,孤注一掷地倾情出击。她会让对方像蛇一样把自己吞噬:"我不小心想你了/把我的心想出了豁口/我修补不了/你要赔偿我/……你要把你的姓氏和名字抵押给我/你要把你的身体打开/把多余的骨头和心脏都扔掉/让我住进去"(《赔偿》);在《月光白 月光蓝》中,她又以温婉柔媚的女儿腔调向象征爱神的"月光"乞诉:"请把我埋葬/我是你纯白如羽的女儿/请把我带走/我是你妖冶如水的情人"。
　　关于人的最深刻的命题是否确实就是爱情?周晓枫说:"先知先觉的蛇向夏娃传授知识,指认什么才是生存中最为宝贵的意义。从这个意义上说,蛇是人类历史上第一个启蒙者,是先知,它把人类从混沌与蒙昧中解放出来,使人类脱离上帝的精神控制……人类就不必再等待神明的特许,如果愿意的话,他们随时可以用身体给予对方节日般的狂欢——这种给予,因终生而日常,彼此得以缔结某种近于神赐的关系。"这种"神赐的关系"在丧失了其神圣的稳固性与可靠性的时候,是否还能解决人所有的或最根本的难题与迷茫?她不愿意正面回答,在《切洋葱时你会流泪吗》中,她再一次把男女角色进行了虚拟性的互换:

一只被拔光毛的鸭子
站在锅沿上
山林和谷粒是它的前世
我是深夜归来的男人
把一枚新鲜的女人在身下摊开
碾碎

香味掩护
我用我的恐惧挟持一些女人

让她们替我切开洋葱
再用我的深爱挟持另外一些女人
命令她们替我流下泪水

在《杜月笙》的结尾,段若兮又以单面对话的独语口吻,对过往历史中的一幅真实的爱情图景做出了这样的述说:"你是谁的男人/你杀过人/你爱过别的男人的女人/你爱了 她就是你的女人"——

你爱得起孟小冬
也爱得起冬皇

婚礼之后
任何一刻
你都可以安心地死去
她是妻
能去你的坟前哭泣

明朗简约的诗境以及诗意与故事融合的审美倒是其次, 主要是她以女性的体验与视角,替一个江湖男人(实则是女人自己)实现与注解充满了传奇色彩的爱情。爱的主体双方谁都可以一厢情愿,但必须用"婚礼"这道世俗而庄严的仪式解除爱的障碍,即使爱沦为短暂的幻影。这是一首简洁而隐蕴着深邃的精神背景和深刻指向的作品。段若兮似在有意识地以另一种表达形态和语调来拓展自己的诗路。在《流浪的玫瑰》中,一些温情和亮色在词语的间距里弥漫,虽然寂凉,却也氤氲着温馨的人间烟火。不过,我倒是想提醒现实里端庄而优雅的她,能在写作中一如既往地保持那种凌厉而专注的表情。如果她有蛇那样沉静的定力,再冷一些、寡言一些、潜心修炼,不必在意不懂她的那些曲解,以语言为铠甲和遮蔽,历经阵痛与蜕变,展示作品更雅致、纯熟而新鲜的气质与状貌。

正大气象照乾坤
——悼念陈忠实

张占英

　　陈忠实去世了。听到这个消息，我的脑子"轰"的一下。中国文学之大旗落地了，中国文学的天空黯淡了，举目四望，虽有几颗璀璨星辰，但绝无如此盛大之光明可期。

　　2013年冬月，我去拜访陈忠实先生。他的工作室在西安石油大学院内，一个很窄小的房子。和拜访贾平凹先生一样，我仍然以求字者的身份前往的。叩门进去之后，先生听不是原来预约之人，颇为不悦，说北京有个人还要20副字呢，他都写不出来，"这又不是个正事么。"他说。我们都挺尴尬。但他好像反应过来了，赶紧招呼我们坐。当得知我只要两副字，他一下子轻松了，轻松地"呵呵"笑起来了。

　　和贾平凹不一样的是，陈忠实不当求字者面写字，他每次都应约预先写好，让求字者去了挑就行了。我看到他书案边摞了一沓子作品，就随意挑了两张。实际上我觉得没有什么可挑的，他的字我不敢恭维，也不符合书法惯例，基本上都是七言唐诗写两句，草草落款而已。但这是陈忠实的字啊！是他生命的一种表现形式啊！它多么不讲究，也可以完全代表他的生命，仍然是活生生的，散发着陈忠实生命光芒的。我就挑的两张与他合影。拜访之前，我特意到西安钟楼书店买了十本新版的《白鹿原》，陈先生颇为高兴，一一题签。临了我拿书自己拙作《中国村官》、《第一书记》，请他批评教导，他看我走遍了中国，说："你很厉害么，这也是巨著么。"呵呵！说到哪里了。我说陈老师我想写小说呢，他说"好么"。我说对于一个初学者而言，您有什么建议呢。他说："写自己熟悉的事，写自己喜欢写的事，写自己家乡的事，作家离不开故乡。"他的话我感觉温暖而亮堂。

　　我注意到陈忠实相貌很特别，除了原来注意到的脸部沟壑纵横，他长着四只獠牙，眼窝偏内有两颗痦子，头发两边高耸，中间谢顶。我暗暗称奇，惊为天人。因为设若把那两个痦子伸长,那么陈忠实模样很有龙或鹿的意象,模样特别大气磅礴。我从来不讲迷信,这只是他的模样给我的感觉和想象,也是几句闲话吧。回说到我对陈忠实和《白鹿原》的认识,我以为贾平凹的作品是炒熟的黄豆,颗颗清香,这是因为他以散文起家,思维定势决定他的文风如此。莫言的作品像掰开的熟透的桃子,让人看到鲜艳的果肉,闻到诱人的果香,他的创造性奇特无比,这是因为他从小失学,没有受到当下教育的污染,完全自学成才所致。而陈忠实的作品感觉像腊肉,带着点腐臭,但也因此而为奇香,是耐嚼的,越嚼越香。何以至此?私以为这是陈忠实出生在关中这个中国文化积淀最深厚的地方,他得到中国文化正大气象的中流真传,也是因为陈忠实人如其名,为人从业无限忠实本份,他不急于出作名而致大器晚成,他坚守寒儒之德而体知人间悲悯冷暖。《白鹿原》一抹壮阔雄浑瑰丽的民族史诗,私以为是四大名著之后最好的小说,有专家评论她除了文学价值高山仰止,其对中华民族的准确叙述完全可以作为一段信史。

陕西之所以大家迭出,这是因为中国上个冰雪消融的季节,当刘心武等人为发表篇《班主任》沾沾自喜的时候,陕西文化界提出"要干大活,出大作品"。在这一庄严理念的引导下,陕西文化群落整体沉潜下来,按照文化本来指向进行创作,路遥、贾平凹、陈忠实、刘文西、赵季平、张艺谋、王全安等等,在文学艺术领域各领风骚,奉献出黄钟大吕式的作品,陕西因此成为中国文化的青藏高原,令人惊叹和仰望。"要干大活,出大作品"。这个简单的经验,已经成为一个现象,应当为所有人、所有文化群落所关注。

我开车去西安参加陈忠实的追悼会,到不远他的家乡去瞻仰。陈忠实家在霸河南岸一个山坡上,简陋的门楼紧闭,望见里面只有三间简易的鞍间房子,院子也相当窄狭,种着三两棵寻常树木,门外有棵亭亭如盖的高大梧桐树,老家是先生创作《白鹿原》的地方,他应当经常在梧桐树下休息思考吧。去时门外坐着三个老人,其中一位已经85岁,她说:"陈老师外实在得很。"她说她家在原上,就是陈忠实家背负的白鹿原上。她是早上八点从家里出发,一直走了四个小时下来的,她以为在陈老师老家有什么纪念仪式,想看看参加一下,结果只在西安殡仪馆有活动。从她们口中得知,陈忠实患的是舌癌,"得的是这怪病么,听都没听过。""咋外马虎来,现在又不缺钱么,咋不及时检查呢?""发现将将一年,十几天前严重了,住院了,可能家人感觉不好,叫亲戚来看呢,陈忠实舅家就在我对门呢,他表妹去看,觉得他精神还好,就是不能说话,交流都要写到纸上呢。"她说这些话的时候,我的心里一直翻腾呢。我曾看过一个文章,说陈忠实早年贫困,只能抽最次的烟喝最差的茶,他说这样的烟茶便宜,也劲大,他留给人间、自己棺材里要枕的煌煌巨著就是这样熬出来的,这也是他的病根所在吧。

呜呼!原上从此无白鹿。但他的作品、精神、音容笑貌,和他贡献给人间的正大气象,将光照人心、光照乾坤、光照千秋。

你把我的春天拿走

——悼念良师益友王忠民

肖成年

1

春天来了！等春盼春期待花开的心情，已在心中蕴藏了整整一个冬天。

离张掖市医院不远处的广场，手机相机所拍的红白玉兰任性地盛开着，把沧桑感浓厚的木塔也衬托得温情脉脉。然而，你却看不到花开的容颜了。

你躺在市医院重症监护室中，只有机器带动呼吸的丝丝声，没有呻吟，没有微笑。你的眼睛微睁着，一直盯着天花板，眼神空洞四散，已无往日的神采。你的身体上插着各种各样的管子，让人难以相信这就是你——忠民先生。

"8床，王忠民！8床，王忠民！"陪我进去的朋友在医院工作，她翻开忠民的眼皮看了下，之后就摇了摇头。我一切都明白了，这是我们认识35年的最后一次见面！我们是什么时候认识的准确时间已无法忆起，但最后一次谋面是在这个春天。只是此时我说不出一个字，你也不能说出一个字！摸摸你的手，似乎比平时还要温暖些，可是你却听不到我的呼唤了。

初春的风太过冰凉，一片一片的花瓣在风中飘零……

就在两个星期前的一个晚上,忠民兄来电话说:"春光明媚,空气清新。我就在你家窗下,下来我们走走,然后去万达吃个饭。"那天我正好有个应酬,就对他说:"春天既然来了,就得住段时间,改天吧。"他说,好吧,语气中透出失望。

我家离他上班的地方不远,隔着南湖。他下班后常常会绕着湖走一走,有时就会给我打个电话说:"阁下,我就在你家楼下。"多年来,大部分时间他这样称呼我。此前多年,打电话主要用固定电话,我打电话过去,奇便直声喊:"爸爸,阁下的电话!"他的孩子奇以为我就叫"阁下",多年以后我们说起这段轶事常常觉得好笑而温馨,而今天却成为一种刺痛。

我很少称忠民为社长,只是在向别人介绍他时才这样称呼。有朋友提醒我,忠民不当老师已多年,现在是敦煌文艺出版社社长。对此,我只是笑笑,仍然把他称为王老师。我所谓的老师,不是职业属性,更多的是一种敬重,一种亲近。

再次走进他办公室时,已经永远不可能见不到他了。天下着雨,读者集团院内的树木生机盎然,花开得娇艳欲滴。那张漫画仍然立在窗台上,夸张地对我们微笑着,一些未签字的书稿静静地置放在书桌上,地下仍然堆满了书和报刊……

每天上下班,我都会经过忠民供职的单位,此后我只能默想:忠民先生曾经在这儿工作过。

2

大约是1993年吧,我正把头埋在一堆稿件中,忠民与读者杂志的任伟来访。我好奇地问,你咋来了? 他说自己也调到兰州。那天,我们三个干掉两瓶多白酒仍余兴未尽。我与忠民的相识,自然还要早。

1982年,我在民乐一中一面死记硬背唐宋元明清、七大洲四大洋,一面做着文学梦,有人告诉我教导处干事王忠民在《甘肃日报》发表了一篇题为《赞美你啊,沙枣花》的文章时,我激动得如同自己发表了文章一样。那时报刊极少,又无其它渠道,名字能变成铅字像做梦一样。我因此仔细端详了他——个头不高,清清爽爽、利利落落,年纪与我们相仿——甚而看上去比我们年龄要小。也因此知道,我们考试用的那些卷子,隽秀的字全来自忠民和李正阳两位教导干事之手。那篇文章被我剪了精心地贴在一本包着塑料皮的本上,可惜在辗转多地过程中遗失了。

八十年代,文学热遍全国,仿佛每个人都是诗人,每则征婚启事都要贴上"爱好文学"的标签,各种自办报刊如雨后春笋。那时我在新疆求学,在学校主编油印报刊《雁声》和《地平线》,忠民则在民乐办油印杂志《冬青草》。每一期都互有交流,互为启发。

那年我从供职的城市回到张掖,在市医院碰到满脸疲惫的忠民兄,他和夫人刚经历了一场孩子因前置胎盘的生死大关。他称已无大碍,母子平安。这个孩子,就是阿奇。

四月的民乐寒意尚存,城东南的殡仪馆一派萧索。民乐县文联主席王振武撰写了一付对联"春风有恨苍天无眼折夫君,松柏凝愁大地绝情夺严父",一位头发有些花白的男子,用柳体书写,字体舒展灵动,一派大家风范。他和大家客气地打着招呼,我总觉得眼熟,别人告诉我书写者就是当年在教导处刻写蜡板的李正阳。

3

金塔寺上空的白云仍如闲云野鹤,兰花坪上的马莲花今年仍会如期盛开,而回荡在山谷中的笑声已永远的消失了。

2015年端阳节,忠民兄邀我和几位文友去马蹄寺,与藏族作家祁翠花夫妇拜谒金塔寺佛影,倾听来自祁连山的诵经和钟声。祁连山脚下的马蹄寺,是夜暴雨如注,大家听着祁连松涛和雨声,话古论今,把酒临风,甚是豪迈,所有的生活重荷与烦恼被那夜的雨水涤荡殆尽。次日,天空一碧如洗,草原一尘不染。在登临金塔寺的路上,恰逢马蹄乡赛马节。身穿节日盛装的藏汉牧民骑手在赛马场热身,七八十匹矫健的骏马在牧人的马鞭和吆喝声中飞奔在马莲花成型的草原。大家忙着给赛马手拍照,同时也自由组合进行合影,这是与忠民兄的最后一次合影。忠民说他围绕祁连山和马蹄寺写了一些文章,可能会结集为《马蹄寺的四季》或者《马蹄寺的冬天》,并嘱我也要写一点有关马蹄寺的诗文。我慨然应诺,然我懒性越来越大,全无忠民兄的勤奋,至到今天只字未写,想来赧颜。

2007年,忠民给我讲他准备写的一部字数至少40万字的长篇巨制《大木头》,后来也断续地听他介绍过其中的一些情节。这部书应该是农村题材的,幽默中不乏冷静的思考。这本书应该还没写完,他爱人讲忠民常常半夜两三点爬起来写东西,不知道是不是在写这个。

忠民创作题材很广泛。我知道他写散文、小说、童话,也搞心理学方面的研究,还创办过《西部教育参考》杂志和《城事》本报(像杂志一样装订起来的报纸)。2004年,他送我一本中国大百科全书出版社出版的《幼儿教育辞典》,比砖头还要厚,我说这个可以用来当武器!又不久,他说出版社不想用现金支付稿酬,因为那样一小半将用来缴税,出版社问他能不能买成实物。我说那就买辆车吧,反正这个迟早是要买的。不久,他便开回一辆黑色轿车。我问为啥买成和我一样的,他说这样有问题可随时问我,又说以后买相机也要和我的一模一样,便于我"远程指导"。他骨子里对现代的东西还是隐隐有些抵触,他对电脑、汽车等现代技术的接受,好像是被动的。有次他从武威打来电话,说:"阁下,我在车里出不去啦!"我以为他是玩笑而已,笑答"出不来就在车里好好休息。"结果他是把某一个锁定键不小心按下,真把自己锁进车里了。又有次他电话问我,数字电影与传统电影的异同,我回答只是记录的介质不同吧,一个可存到硬盘,一个是用胶片拷贝。我知道此前他在《电影文学》发表了上、下集的剧本《将军·北平》,问是不是有人要投拍这个。他说是,但投拍人用数字拍摄,他想还是用胶片拍摄好。那部电影,终未投拍。

4

一个人,可以孤单,也可以高歌。我知道,你已走累,走累了就躺一躺吧!。无论有多少人的不舍,无论有多少未竟的事业,此刻已都与你无关!

在地球另一端求学的女儿奇,懵懵懂懂赶回,直到葬礼那天也无法相信你就这样走了。

"爸爸,我知道,你没有走,你是不会这么绝情的抛下妈妈和我的,你是不会忍心丢下爷爷、奶奶、外公和外婆而去的,那么多你爱的人和爱你的人,你也是不忍心离开的;你也不会撒手你忠爱的事业长眠不起的……"

然而,没有然而!

认识你不久,便认识了你的朋友甘肃民族出版社刘新田社长。他从千里之外奔赴民乐,在你的灵柩前,喊了一声"老哥,你咋能这样!"便泪如雨下。一位交往了二十余年的朋友、一位肝胆相照的伙伴,有多少的惋惜之情,有多深刻的疼痛都凝在那句话中了。

此前,忠民兄给我讲过一件事。他说出差到京,想起《人民日报》社的一位老朋友,那位朋友曾请他出版一本散文集,后再无联系,遂打电话过去。电话是那位朋友的夫人接的,告诉他朋友去世已经几年,遂唏嘘不已,感叹人生的无常。我们相约,务必保重,爱惜自己,珍爱家人!我知道颈椎、腰椎等疼疾,时常折磨着忠民兄。去年他做了一个手术,因那手术位置的关系,使他无法坐立,只好躺着。听他爱人说,就是躺着,他也不闲下来,而是用手机一直在写东西。我无法想象,问他手机那么小的屏幕如何能长时间去写东西?他说,手机可随时随地写,他用手机打字的速度比电脑要快,很多东西都是用手机写的。如今,那部手机依旧开着,因为设置了密码而无法打开,所写的一切东西都成了谜。

在民乐火车站,我举着一张白纸立在寒风中,从车站蜂拥而出的人们扫视着我,最终盯住了那张白纸——白纸上面写着"王忠民先生遗体告别仪式接站处"。下车的人问我:"哪个王忠民?是家在曹营、在兰州工作的王忠民吗?"在得到我的肯定回答后,问者连连摇头:咋会呢!咋会呢!他也就五十多岁吧,咋就走了?!

清明节前,忠民打电话约我同行,而我因为有些事不能同行,就嘱开车务必小心。他说父母亲都已八十多岁了,想趁着清明长假把一些事情安顿下,没想把自己也索性安顿了。此前,忠民约我和另外一家人在4月10日去斯里兰卡,我因单位事多而推却。而这一天竟然成为他下葬的日子!

清明前后,祁连山脚下也该是播种的季节吧?忠民兄,你把自己当成了一粒种子,种进了大地。这一天是2016年4月10日,那块地是曹营村之南,一个叫做大泉沟的地方。

阳光斜斜地照在一堆新土上。新压的麻纸,过几日就会发黄,新土会盖上一层尘土,新土也渐而成为旧土。不知名的野草会慢慢地从那堆黄土中生长出来,一些干枯的草叶会汇聚到凹陷处,间或会有一两声乌鸦的叫声划破寂寥的天际……

春天来了,你却走了;花儿开了,你却谢了。

你把我的春天拿走,从此世界只有三季。

作者简介:

肖成年,男,汉族,1964年1月17日出生于甘肃民乐。现为中国电信甘肃公司党群工作部总经理、机关党委副书记,兼人民邮电报甘肃记者站站长、甘肃邮电报总编辑,系甘肃省作家协会会员、甘肃省摄影家协会会员,获主任记者,高级经济师职称。

作品散见于《人民文学》《诗刊》《诗林》《诗潮》《飞天》《青春》《记者文学》《读者》《女友》《岁月》和《人民日报》《光明日报》《经济日报》等报刊,一些作品被《中外书摘》《青年文摘》所转载,作品收入《新时期甘肃文学作品选》《飞天六十年典藏》等选本,出版有《世纪末忧患》《魂系国脉》《中国足球大突围》等非虚构文学作品六部,以及散文卷《关于西部》和诗歌卷《在高原》,获黄河文学奖。

写在庄壮去世三周年的日子里

方艾琴

三年了,我的先生庄壮去了三年了。三年间我度过悲痛心酸的日子;我熬过了追忆往昔的昼夜;我也接受了无奈的释怀。

三年前的今天,也就是2013年的4月12日,他做好了次日去北京的准备,和往常一样,吃过早餐,洗茶杯准备泡茶时,他只说一句:"我这有些痛。"手指着胸部,我也没太在意地说:"不会是心绞痛吧!"我找来了我服的药,让他放在嘴里,压在舌下。过了一会,我问他:"怎么样了?"他没有吭声,当我再问一声的时候,发现他脸色苍白,我赶紧过去摸他的前额,他满脸是汗,我轻轻扶他躺在沙发上,反复呼唤他。他都没有反应,我急了,声嘶力竭地呼喊他,他全然没有丝毫反应。我急忙叫来了对门住的邻居,又给两个孩子打电话,手不听使唤,就是拨不出两个最熟悉的号码,我捶胸顿足,不知所措,邻居打了120的电话,两个孩子相继回来。当120的大夫对他实施抢救时,我瘫在了椅子上,脑子一片空白,万万也不相信眼前的一切,我失魂落魄地盯着他离我而去的场面……这挥之不去的一幕,从此便定格在我的脑海中。

就这样,他没留下一句话,脸上也没有痛苦、惜别、眷恋的表情,也没有完成任务后解脱、轻松的表情,就这样淡定、坦然、默默地放下了这个家,留下了这个陪伴了他半个世纪的两鬓斑白的妻子和他十分疼爱的儿孙们，走了。我失去了主心骨，也失去了顶梁柱。我陷入了极度痛苦的哀思中，往后的日子可叫我怎么过啊！我苦苦地挣扎着，盼着天快亮，又盼着天快黑，好心的亲朋好友不断劝慰我。思前想后，日子还得过下去啊！三个月后，我觉得身体不适，医院大夫的诊断是我患了乳腺癌，这雪上加霜的噩耗，又重重地打击着、折磨着、残蚀着我这颗难以弥合的心，但为了这个家，为了孩子们，为了关心照顾我的亲友们，我必须面对，我隐藏着内心的苦涩，强作笑脸迎来送往着所有人。

日子还是要过下去的，我寻找打发孤独的方法。我用米喂窗外的小鸟，这也是人与自然的和谐相处吧，我还种植一些花草，每天定时读点乱七八糟的书，看那如同嚼蜡的报纸，也挑几档感兴趣的电视看看。经常也有同事、学生来家里陪我玩，最能吸引我的是手机上的微博，渐渐地时间也就被打发走了。

我感触最深还是他的遗物。我看到了他发表过的三百余首歌曲，他与别人合作的大型歌剧《向阳川》的音乐；他独立完成的大型歌剧《二次婚礼》的音乐；他先后发表了近五十篇敦煌壁画中有关音乐部分的论文；他历经了近三十年几十次的赴敦煌考察有关壁画中乐器的图像和资料，他拍摄了一万余张有关照片；他还去过北京、上海、河南、武汉、成都等地的图书馆，翻阅了大量资料，他还走过龙门、大足、榆林、炳灵寺、麦积山等石窟，经搜集、考察、对比、旁征博引，以详实的材料为依据，研制出了一百三十多件敦煌乐器。他还担任了文化部组织的"中国民歌集成·甘肃分卷"的主编工作，与杨鸣健、华杰等音乐工作者一同跋山涉水，仅凭一部煤砖式的录音机收集甘肃民歌。这一耗时耗力的工作，他的团队竟十分出色地完成了任务，得到了文化部颁发的先进个人的荣誉称号。他在完成民歌的同时还兼搞古代乐器，与此同时还交错进行着"花儿"大型合唱的创作，他总是这样乐此不疲地工作着，忙碌着。

2012年底，中央民族乐团决定要用他研制的古乐器，同时得到上海敦煌乐器厂的支持，无偿为乐团制作这批乐器，庄壮欣喜若狂，他几十年努力的结果终有了归宿，2013年1月至临终前的三个多月，他往返上海三次、北京三次，在上海与厂里的师傅切磋乐器造型、尺寸、音色。在北京又向演奏家们介绍乐器的性能特征及演奏方法。就在他准备第二天第四次去北京的时候，他倒下了，再也没法起来地永远倒下了。就在他倒下的前一天，战斗歌舞团的刘顶柱同志还送来一首歌词让他谱曲呢！

今年正好是我们结婚的五十周年，和他生活的50年中，我们没有令人捧腹的家庭幽默，更没有怒目横眉的家暴吵闹，我们过得很平静、很平淡，但我爱这种生活，因为它真实、踏实、稳定、持久。庄壮虽然为人忠厚、朴实、内敛、不善言辞，但他的内心却有着一个广阔、丰富、华彩、瑰丽的音乐世界。他在这个宽泛的音乐领域内，涉足了歌剧创作、歌曲创作、交响乐创作、钢琴独奏曲、大型合唱、古乐器的复制、古乐器论文、甘肃民歌的搜集整理和编撰……就在这个音乐世界中驰骋、翱翔、游弋，他自信、自在、自如,玩得十分充实、精彩。一个人能做如此多的工作,这决非热情所致,而完全是一个音乐工作者的责任和担当。

他走后,我的学生陪我度过第一个母亲节,几十位同学谈笑风生,气氛十分热烈,他们尽量让我高兴起来,我很理解孩子们的用心,我更感激孩子们为我做的一切。

他走后,我的孙儿一次放假回兰州对我说:"奶奶,其实我想了很久,也想通了,我爷他功绩满满地走了,走得那么平稳,一点也没受罪,也没拖累大家,他的乐器也由国家顶级乐团在国家一流的剧院——国家大剧院演出了,这是多大的荣耀啊!您应该高兴才对!"

他走后,我因恶疾服用一种进口的、价格昂贵又不能报销的化疗药,我感到经济上的压力,找孩子们商量,能否向乐团提出让他们支付一些他们爸爸乐器的研制费。一个孩子神情凝重又严肃地说:"妈妈,这个钱绝对不能要,我爸研究这批乐器的初衷绝不是为了几个钱,如果为了钱,当初怎么没有订协议合同之类呢?爸爸就是一心想把这批乐器推出去,让世人更多地了解敦煌艺术博大精深的另一侧面。"又一孩子说:"就是,这个钱一定不能要,爱迪生发明电灯后,世人都在用,难道他还去找大家收研制费吗?"听了孩子们的话,我自愧不如,且不说这些话的境界高低,我想到的是他们的爸爸平日言谈不多,但他用他的行为,长期以来潜移默化地影响着孩子们,孩子们已经从爸爸身上接受和延续着一种精神,他们会像爸爸一样踏实认真地做事,朴实率真地做人。孩子们还全部承担了我的药费。有这些我已足矣!

抚今追昔,我可以理直气壮地说:他走的光明磊落,他走的一身正气,他走的无怨无悔,他无愧于音乐事业,他无负于家庭、妻子和儿孙们。安心的走吧!也只有这时我也可以释怀了。

录出三年前友人对于先生的挽联两副,来做为此文的结束吧。

甘肃作协原主席高平写给庄壮的挽联:

一生壮丽归音海
旋律常留在人间

西北民族大学李槐子先生写来的挽联:

功成身退退亦归真魂追敦煌古乐去
曲为陇吟吟而追璞心浸临夏花儿来

一只鸟的心脏里也潜伏着一头雄狮

——农民诗人蒙三忠、王忠宁的写作与人生

马 野

这篇文章的题目是蒙三忠诗中的句子。

在蒙三忠的诗里,这样让人喜欢得心跳、喜欢得沉醉,喜欢得不由得要反复吟诵、要把他放在标题上的句子,搭眼就可以挑出。比如:"这么多年? 苦苦挣扎/各自命运? 各自领走";比如:"喜悦的表情如桶里的水/没有泼洒? 只有荡漾"。这种比如还有很多。

这并不是说蒙三忠是那种"吟安一个字,捻断数茎须"的苦吟诗人,他的诗句不是偶尔冒出的灵感的火花,而是一头豹子身上一块美丽的斑纹。只有把他的诗句放进他的诗里,才真是"桃之夭夭,其华灼灼"。谓予不信,请看:

一匹匹白马　从旷野深处
向我奔来　马蹄轻叩大地　他打着响鼻
我张开双臂　看见飞扬的鬃毛
但没有一匹马停下来

我看到一群白马　向河流方向呼啸而去

嘶鸣　飞扬的鬃毛　青色的火焰

但我没有抓住一匹马

站在地上我可以感受

千万匹马从我身旁奔过

在触及到我身体的一刹那

我多想翻身上马　然而我依旧站在地上

透过浓雾　我能看见一匹白马

卧在地上　它用嘴唇安抚

自己的前腿和肩膀

如同安抚我陡然而起的

绝望和失落

　　我是在编辑《北斗》文学刊物的时候读到蒙三忠的诗的。初读之下，感到震惊，震撼，以为发现了一颗年轻的诗星，这是作为编辑最幸福、最有成就感的事情。打听之下，才知道他是个地道的农民，而且是已经年过半百的老农民，当时正在家门外的一个砖瓦厂做守门人，感到更加震惊，震撼！

　　我之所以要强调蒙三忠老农民的身份，并不是要以此降低对于他的诗的评判标准，恰恰觉得他是个当之无愧的诗人，是让许多自以为或被以为是诗人的人汗颜的诗人。

　　我接触过许多农民诗人，也读过许多农民诗人的作品，他们受文化基础、阅读视野、社会见识等多方面限制，作品大多难脱民歌的窠臼，一些年长一些的农民诗人，甚至深受"文革"诗风的影响，大多数作品不能称其为诗，只能归为大白话、顺口溜和打油诗之类。少数坚持写下来的人，也在努力学一些新的手法，但学的生硬、别扭，颇有东施效颦之态。作为"老农民"的蒙三忠则全然不同，他的诗思绪飞扬，意象丰沛，语言跳跃灵动，充满了诗的想象与张力。这样的"老农民"的诗我读到的很少，除过同样是"老农民"还残疾的余秀华。

　　因为深爱蒙三忠的诗，又深知一个"老农民"写诗的不易，除过在《北斗》上不遗余力的推举之外，在组织一次文学活动的时候，特意邀请了蒙三忠参加。我把蒙三忠介绍给四川《星星》诗刊的编辑，我把他的诗推荐给《飞天》杂志，《星星》采用了两首，《飞天》的诗歌专号发表了四首，而且在一个栏目名列一位著名老诗人之后，位居第二。后来，《星星诗人档案——2015年卷》《高天厚土传豳风——新世纪陇东诗歌群体大观》又收录了一些他的作品。可见，对于蒙三忠的诗不仅是我个人的偏爱。

　　尽管在那次活动中见过了蒙三忠本人，但由于要应酬各路嘉宾，没有来得及和他详谈，第二天早晨请他吃早餐时，他已经返回务他的庄稼去了，只给我留下了谦恭、木讷的模糊印象。后来，只有几次在电话丝丝拉拉的杂音中的简短交流。蒙三忠这个"老农民"，是怎样一个人，怎么能写出这样的诗？对我和许多读者仍然是一个谜一样的存在。为了解开这个谜，我们又组织了一次蒙三忠和后面我要说到的王忠宁诗歌研讨会。会议一切准备就绪，我却因为一项公务出差了，又一次错过了了解蒙三忠的机会。此后，多次动议专程去看望蒙三忠，诸事蹉跎，都未能成行。直到今年11月13日，我和市作协傅兴奎、申万仓两位副主席及李安平秘书长一行终于来到了宁县中村镇孙安村二组蒙三忠的家。

一座简朴的农家小院，堆满了玉米棒子，洒满了初冬暖暖的阳光。走进上房，两个单人沙发中间的小茶几上放着两摞书，一个老旧的五斗柜里竖着一排，总数不超过100本，但是品味不俗。有《当代西方美学》、《西方艺术史》、《现代主义文学》、《西方的四种文化》、《尼采的生活哲学》、《康德的世界》、《西方先哲思想全书》等一些介绍西方哲学、文学、艺术方面的书籍，还有老庄、周易等中国传统文化的书籍，以及诗歌年选、文学期刊。通过蒙三忠的藏书，我大致了解了他的阅读背景。写诗不仅需要灵性，还需要知识积累和文化素养。阅读是写作的基础，阅读的取向决定了写作的方向。虽然深处僻壤，但蒙三忠诗的触角既深扎于脚下的厚土之中，又飘渺于广阔的原野之外，所以，他的诗写的不是一个老农民的凡俗生活，而是一个诗人生活之上的思想；他的诗是飞翔在的，而不是行走的。

蒙三忠写诗才是近五六年的事，但他与文学的渊源已经三十多年了。上高中的时候还没有看过几场电影，就莫名其妙地喜欢上了电影，于是开始写电影剧本，参加剧本写作函授，不知道写了多少，反正没有一部搬上银幕。期间也尝试过小说，同样写得无声无息。只有诗，似乎让他一下子找到了对于生活和理想正确的表达方式，可以说一鸣惊人。他现在每天在辛苦耕耘他的几亩承包地的同时，用笔在一张张白纸上耕耘着诗。他家里没有电脑，上不了网，有满意的作品就誊写整齐，拿到镇上的打字部打印出来，寄给报刊，发给诗友。

告别了蒙三忠，我们又来到了宁县新宁镇巩范村王忠宁的家。

知道王忠宁的名字还是通过《北斗》的来稿，看到王忠宁的诗也是眼前一亮。

王忠宁与蒙三忠有许多共同之处，都是躬耕田亩且写诗的老农民，都是宁县人，阅读取向相近，诗风相近，都是现代的，超现实的。请看王忠宁的一首诗：

安娜，今夜的一杯红酒

看见了吗　安娜
今夜像盗取的红酒，就那一丁点儿泪

让我看来,今夜的星光比往年都要可怕

你听! 今夜的昆虫撕心裂肺,比往年都要凄厉

今夜多么遥远,多么剧疼;就像今夜的一杯红酒

滴一点,足以砸疼,今夜的每一个部落

我听见酋长私谈诡谲的美丽,而今夜的那杯红酒

仿佛在说:看我优雅的舞步,谁不羡慕

……

这首诗很长,这是其中的第一节。全诗都是这样松散的长句子,充满了安娜、红酒、玫瑰、舞步、酋长这样的意象,"安娜"、"我的安娜",更是反复咏叹的主调。这种生活和诗思的强烈反差,只能来源于想象力的超强爆发。想象力就是一个诗人的实力。

王忠宁与蒙三忠的生活方式略有不同,王忠宁的生活更诗化一些。他家的上房好像完全是他个人的天地,读书,写诗,练书法。他每天坚持晨读,他有笔记本电脑,有无线上网卡,可以上上网,在电脑上写作。他看蚂蚁搬家可以看出不期而至的灵感,他最喜欢读《离骚》,一边割草一边诵读,乐而忘忧。我在微信朋友圈里听到过他读的《离骚》,有一种特别的苍凉。

透过蒙三忠和王忠宁的诗可以看出,他们的内心是丰富而强大的。他们常常为生计所迫,要务农,要打工,要盖房,要还债,普通农家生活的必修课他们一样不少,但是,他们有生活的重压,却并没有为生活所压垮;他们热爱写着,却并没有因为写作耽误了生计。他们是普通的农民,普通的读书人、写作者,他们在红尘滚滚、众生喧嚣中,始终坚守着一个精神的小山头,几十年读书不辍,笔耕不停。同时,他们的内心又是极其孤独的。他们是有文化的人,但他们的文化不同于传统的乡俗文化,他们不会给人看黄历,定庄基,站葬礼,他们的诗在村庄里没有人读,没有人懂,包括他们受过一定教育的子女。没有人可以与他们交流,他们耕读写作的生活也没有人理解。他们就是在孤独中无言的坚守着,因为"一只飞鸟的心脏里也潜伏着/一头雄狮"。

向传统艺术致敬，向人民生活不断学习
——评朱衡话剧表演艺术的民族化风格

周　琪

朱衡演出照

　　2015年5月20日，第二十七届中国戏剧梅花奖颁奖仪式在广州大剧院隆重举行，从事戏剧事业45年的朱衡征服了艺术生涯的又一座高峰，梅开"二度"。此时距离他拿到"一度梅"已经过去了十二年。2016年10月的陕西，朱衡在参加第十一届中国艺术节演出期间，收获了第十五届"文华表演奖"的殊荣。用朱衡自己的话来说，四十多年来，经历了一条"虽九死而不悔"的从艺之路。从昔日饰演的"小特务"起步，到今日倾心饰演"彭英甲"，朱衡完成了一个艺术家从青涩到成熟的蜕变。

　　1970年11月，13岁的朱衡懵懵懂懂地跨上了北去宁夏的列车，来到宁夏京剧团（原中国京剧院四团）学习样板戏。艰辛的磨砺和顽强的意志让他在戏剧园地中坚守了下来。1979年，参加京剧《南天柱》演出，他在剧中扮演国民党将军余汉谋时，有意识

96

地借鉴了话剧的表现手法，强调注重人物内心刻画，舞台上的这一"反面人物"少了些戏曲式的脸谱化，多一些人物行动和心内的真实。为此受到专家和观众的高度赞赏，时任国防部长的张爱萍将军看戏后称赞道："想不到这个演将军的演员还是个娃娃，气度不凡。"京剧《南天柱》的一鸣惊人，为朱衡从事话剧艺术的愿望插

朱衡演出照

上了翅膀。从戏曲到话剧，在戏剧的梦想王国中，朱衡没有一刻离开过舞台；他走入了话剧的神圣殿堂，他来到了一个令他血脉喷张的舞台……一片更加广阔的艺术天地正在等着一个话剧艺术家的茁壮成长。

"我塑造的许多性格迥异的人物形象让我认识了人生、认识了社会，是戏剧让我学会了生活，是生活让我学会了戏剧，戏剧万岁！"朱衡如是说。这是一个戏剧人的真实坦言，也揭示了他如何成为一个真正艺术家的秘诀。从事话剧表演艺术40多度年，朱衡先后在《红鼻子》《白雨》《岳飞》《艾黎在山丹》《金牦牛》《极光》《马背菩提》等60多部话剧中担任领衔主演，塑造了赵构、乔治·何克、张学良、舟津圭三、铁木耳等众多风格迥异、不同凡响的话剧艺术形象。特别是在备受老百姓喜爱的《老柿子树》和"兰州三部曲"方言系列话剧中，朱衡塑造的李木德、张素园、孙跃进、吴二山四个艺术形象更是深入人心，饱受好评。

客观地讲，朱衡话剧表演艺术的成长过程是西洋话剧与中国戏曲表演相结合、相互吸收借鉴的过程，更是一个追求中国话剧民族化探索的缩影。在朱衡的话剧创作中，吸收戏曲元素，把戏曲里的元素"化"到话剧里来，而不是"搬"到话剧里是他不懈的追求。朱衡在话剧表演中不是根据戏曲的方法去接受戏曲，而是根据话剧的特点去吸取戏曲的长处。他在在塑造人物时，做到了不光有斯坦尼斯拉夫斯基的"体验"，也有中国传统戏曲中的"体现"。在创作中，朱衡把自己的生活体验融化了，把多年潜心学习的技巧融化了，把一生对戏剧的每一点感悟融化了，从而做到把一切事物都融化到自己的灵魂和身体里面。然后自如地创造出一个个崭新而令人深刻的艺术形象形象，达到了表演艺术从必然王国向自由王国质的突破。

朱衡演出照

——细数朱衡塑造的人物形象,可以简单分成两类:一是以《极光》为代表作的阳光活力、帅气灵动的形象,二是以《老柿子树》《天下第一桥》为代表作的阳刚浑厚、隽永深沉的形象。《天下第一桥》的彭英甲是朱衡表演艺术的心血集大成者。

在话剧《岳飞》中,朱衡出演南宋皇帝赵构时,他借戏曲功底,使这个帝王形象多了几分飘逸洒脱。观众交口称赞,竖起大拇指,都说这个皇帝很有古典风韵,话剧舞台上少见。该剧导演、著名戏剧家罗锦麟先生看在眼中,喜在心头,他赞赏地说:"小伙子,好好干,前途无量。"

1994年第四届中国艺术节,朱衡在话剧《极光》里扮演日本探险队员舟津圭三,他充分运用戏曲跌打滚翻的技巧,为表达人物心境,他自己编词作曲,找人译成日语,以戏曲声腔唱出了一曲日本风格的摇滚。这一角色后来成为剧中最具光彩的形象,令观众百看不厌。同行、同事都说,朱衡会用脑子演戏了。著名导演陈薪伊在排练时激动不已地说:"我要表扬一个演员,每天排练都有新东西,他就是朱衡。"在文化部座谈会上有专家说"全剧的演员都要有朱衡那样的功力,这个戏就更精彩了,可惜目前不设奖,不然朱衡就是最佳配角奖"。

近二十年来,朱衡话剧表演的一个特点是表演充满内在的真实热情,表演真挚、朴实,有着浓郁的生活气息。戏,处理得深刻、激情而又朴朴实实,没有一点强加于人的感觉,没有丝毫的匠艺气。2001年,一部以老兰州为背景的四幕方言悲喜剧,顿时掀起了金城兰州数十年不见的话剧热潮。该剧刻画了一群解放前夕生活在兰州最下层社会的普通民众,通过他们各自的命运,展示了兰州人当时的生活状态和精神风貌。剧中主要人物张素园,是一位清华大学毕业的高材生,在那个年代,却沦为一个刻春宫葫芦的民间艺人和吸毒者。苦闷与失落、矛盾与抗争,使他苦苦挣扎,直至精神的彻

朱衡演出照

底崩溃。朱衡成为扮演刻葫芦艺人张素园的不二人选。"身着破旧的灰布长衫,蓬松的长发,胡须长短不一,语言舒缓迟疑,目光恍惚犹豫,不甘地堕落着,清清醒醒地犯糊涂"是朱衡对这一独特而有魅力的艺术形象的倾情诠释。他塑造的张素园演得真实自然,对主人公复杂的内心体验至深。于是一个充分呈现出哪个时代特有的生命悲剧性、在几乎不可抗拒的重压下拒绝威逼利诱,甚而付出惨重代价的人物形象应声而出,一把辛酸、一段无奈、一腔忧愤、一声长叹……他演得非常强烈、非常鲜明,同时又让人觉得很"自然"。这其中的奥妙在于朱衡将这一人物的塑造,建立在深厚的人物内部生活的基础上,又有着准确的外部表达,这绝非只是生活层面的"自然"所能达到的效果。《兰州老街》演出百场,甘肃话剧创造了一个奇迹,朱衡心中收获了更多的甜蜜,因为街上常有人认出他,惊呼"那个刻葫芦的"。朱衡自己坦言:"这台戏,演得好艰难,好舒服啊!"

朱衡话剧表演的另一个鲜明特点是表演具有极好的张力和爆发力。一个好的艺术家,总是以炽热的情感来拨动观众的心弦。所以戏谚云:"戏无技不惊人,戏无情不动人。"前中国剧协主席李默然先生看了朱衡的作品也曾给出"表演很精彩,极具张力"的评价。2012年朱衡在话剧《天下第一桥》中与彭英甲邂逅。彭英甲这个人物,与过去的众多艺术形象截然不同,其鲜明的特色就是充满着不可遏制的、火一样的激情和爆发力,这种感情的爆发力,往往使观众耳目一新,兴趣盎然。作为艺术家,朱衡径直走向了人物的内心,那是一个远去的、无人知晓的世界。朱衡塑造的是一个身处于时代大动荡、大变迁中,心中有苍生却无力挽乾坤的艺术人物。在剧中,他要筹集修桥所需的巨额经费,还要面对外国商行、洋人工程师和技术人员,以及本地乡绅与社会各界的理解与非议、支持与反对。他并不是桥梁专家,却要亲自负责监督施工,亲自到工地关心所有工匠的生活,与他们之间形成了一种在那时看来颇为奇特的情感关系。就是这样一个似乎没有多少情趣可言的人物,朱衡将他演绎得丝丝入扣,渐放光芒。朱衡的台词处理和语言音色方面,堪称是"黄钟大吕",句句入耳,丝丝入扣,逻辑重音张弛有度。本剧尾声更是极为精彩,朱衡与角色"彭英甲"血肉融合,一袭白衣仰天长叹,神采飞扬,却又凝重如铁,人物角色不但为风雨飘摇中的大清王朝呼出最后一声挽歌"吊孝"、"谢恩",演员也如同一座圣洁的艺术丰碑,巍然屹立在舞台之上。

当大幕关闭,掌声响起之时,将一生都献给话剧表演艺术事业的朱衡嘴角露出一丝微笑。他欣慰自己话剧民族化表演得到观众的认可,他欣喜今天还有这样多的话剧粉丝,他希望中国话剧的民族化将有更加美好的明天。守望戏剧、发展话剧、弘扬艺术,身为甘肃戏剧的掌门人,作为甘肃戏剧家协会主席、甘肃省话剧院院长的朱衡,一定正在描绘着甘肃戏剧的明媚春天。

传统文化对中国古典舞艺术的引导和启示

张　菡　康瑞军

摘　要：中国古典舞发展至今,成绩有目共睹,问题也日渐突出。中国古典舞自身文化内涵的式微使得舞蹈发展逐渐游离出原有的轨迹，失去了深层推进创作和传承的根本。中国古典舞必须与传统文化有机结合,以舞蹈的视角看文化,同时从文化的角度反思舞蹈,并从传统文化中汲取营养,激发创作灵感。本文尝试从中国传统文化和古典舞文化精神内核中找寻最具共性的艺术形式入手，将中国传统文化的养分融入中国古典舞艺术发展,以期进一步增强中国古典舞整体艺术素养,并从美学角度,为古典舞艺术由传统向现代转型寻找可能性途径。

关键词:中国古典舞;传统文化;启示

《诗·大序》曰:"诗者,志之所之也。在心为志,发言为诗,情动于中而形于言。言之不足,故嗟叹之。嗟叹之不足,故咏歌之。咏歌之不足,不知手之舞之足之蹈之也。"作为原初的舞蹈,是作为诗、歌(乐)的补充。到了舞蹈艺术的自觉时代,舞蹈便与诗、乐连结在一起,成为"礼"的服务工具。作为娱乐性和观赏性的中国古典舞在其发展演进中,大量融入和吸收了多种传统姊妹艺术的元素,在"舞形"上,有武术、剑舞、太极等的千姿百态;在"舞意"上,则是诗、书、画等艺术意境的感性显现,由此而构建了中国古典舞的风姿流韵。可以说,中国古典舞无论从发生学的意义上来说,还是从它的发展历程上来看,都是在中国传统文化沃土上开出的曼妙之花,它与中国传统艺术有着不解之缘。诚然,提高中国古典舞自身的文化内涵,一直是国内舞蹈界研究的核心问题,它既体现了中国古典舞艺术境界提升的发展方向,又是中国古典舞从业者加强自身艺术修养的客观要求。

当前,学者们针对舞蹈与传统文化的融合进行了深入研究,如张昂(2014)、李淼(2008)等学者着重研究了武术、书法等与舞蹈的关系,马丽丽(2012)、张婧(2009)等学者针对太极文化、地方民俗文化等对舞蹈的影响进行阐述。学者们基本认同舞蹈是是中国传统文化的重要载体(郝维一、蒲馨伟,2012;王光辉,2009),认为传统文化元素与舞蹈具有极大的相似性,在教学中可相互借鉴、相互融合。但上述研究对传统文化与舞蹈共融的理论和实际意义深入分析不够,对通过进一步提炼传统文化元素以丰富舞蹈的艺术内涵和表现形式的实证研究更为缺乏。正因古典舞是属于非物质形态的,我们只能从古代雕塑、汉画像砖(石)、壁画等上面留下的舞蹈形象和相关的文献记载中去感知中国古典舞蹈的风姿流韵及其与传统文化的关联。然而,物化的舞蹈形象只能是舞蹈的瞬间造型和片段的零星呈现,无法窥见其全貌。相关文献的记载,多是感悟式的观赏体验。特别是诗赋,多用富赡华美、比况奇巧的文字来描述舞蹈及其舞蹈者的千姿百态,缺乏理性的把握。目前,中国古典舞的技术技能的体质训练方面已经趋于成熟,但对于舞蹈作品其文化内涵的把握和表现则一直处于理念缺失和方法滞后的窘境。这种状态体现了目前的中国古典舞发展存在诸多不足:

1.舞蹈作品中对于技术技能的展示重于思想的表达;

2.作品运用的动作语汇属性不清晰;

3.舞者没有将作品领悟透彻和感受深刻化。

这些问题正日益成为中国古典舞进一步发展的瓶颈,亟待解决。

曾有言道"不要以舞蹈的视野去看舞蹈",正如"宇宙的空间所弯曲的一样,人们在舞蹈艺术表现中看到的人的心理空间与情感空间不再是单一的直线。于是,思维的复杂性,人性的丰富性,在舞蹈艺术的表现中得以呈现。"其道理是让舞蹈行业人士打开视野和思路,不要拘泥于舞蹈的现有成果,舞蹈的发展由单一向多层次发展的趋势,这才是舞蹈实践者需要真正理解的实质。无论我们处于何种文化氛围,舞蹈的本体地位必然不能动摇,一切与舞蹈艺术有关的经典文化都需要以舞蹈为主体去深层探索。否则,中国古典舞借鉴再多的艺术门类也是舍本逐末、成效甚微的。因为那些只是在肤浅地临摹和照搬那些姊妹文化的表象而已。所以,中国古典舞的发展需要透过现象看本质,将舞蹈和传统文化有机结合起来,以中国古典文化的视野和研究方法去探究古典舞的精神,从传统文化中汲取营养并激发创作灵感,用文化理论去支撑创作和艺术实践。因此,简而言之,提升中国古典舞的艺术水平,其根本还是要以中国的传统文化为根基。

一、中国古典舞艺术感受和创作才能的传承与中国传统文化融合的必要性

近年来，中国古典舞训练体系始终强调身体技能的训练，即"技术层面"的训练，虽然短期内成效显著，但从发展的长远眼光审视，当前对技术、技巧层面的过于看重，直接导致了对舞蹈文化内涵渗透的忽略。这使得中国古典舞表现的力量和深度都显得不足，舞蹈技术的"艺术层面"没有跟上步伐，这也是近年来的舞蹈作品"不耐看"、"没意思"的重要原因。如果中国古典舞的舞者只能做一名依赖展示技术体能的"舞匠"，或者"装深奥"、"撑架子"、"无病呻吟"、"玩伪文化"……做一些近乎肤浅的卖弄，而不能将古典文化的质素内化为舞蹈的动力和目的，将展现舞蹈技巧变为展示中国文化，那么就无法深入观者的内心，无法引起共鸣，也就无法达到表演艺术所孜孜以求的给与观者一个真实的"现场感"。换句话说，这样的表演者并不是艺术层面所真正需要的舞者，他们只能做一些机械的重复劳动，难以得到社会的认可和尊重是必然的。众所周知，舞蹈艺术作为一种艺术语言，应更注重对文化内涵的挖掘，也就是"艺术层面"表达。因此，舞蹈作品不能等同于竞技体育，不可以一个极端地去比"转得快"、"跳得高"，而应该和文化思想紧密关联，去和人的情感活动融会贯通。如若站在这样的角度去反思中国古典舞的发展，前行的路至少需要再多出一条支撑点，弥补以体能技巧为纲的"单腿蹦"的境况。

许多中国古典舞的资深学者会提出这样的疑问：知识和技能可以传授，但艺术感受和创作才能如何才能传承？这就是目前中国古典舞创作的难点所在。莫里斯·贝雅曾谈到，他的编舞并非仅仅所自己的设想，更多得到时候是为了舞者——"他所关心的所舞者的身体和心灵，一切舞蹈编排离不开舞者的技术、易感性和身体能量。"虽然艺术感觉和创作才能是无法短期内速成的，但至少可以在舞蹈创作中逐步深入影响舞者的思想、感觉、想象力和表现力等。即便是没有可借鉴的成功先例，至少我们也可以将古典舞元素发展结合中国传统文化做些有意义的尝试。我们可以通过深度钻研的思考习惯，探索艺术的方向和思路，找寻正确的方向，即便在短期内见效暂不明显，舞者们也会对自己所从事的舞蹈事业产生敬畏感，感受到舞蹈不是一种娱乐消遣或者一种单纯依靠体能完成的技术表演，舞蹈艺术是一项伟大的事业。如果能唤起内心深处对于舞蹈艺术性和文化性钻研的兴趣，对于我们的舞蹈事业，甚至于一生都会具有深远的意义。无论何种艺术类别，都需要从各种优秀文化中汲取能够提升和完善自我的养分。中国古典舞更是如此，而且丞待采取多种有效的方式，力所能及地去大量汲取养分。

二、中国传统文化与古典舞的艺术共性对舞蹈学科的启示

我们中华民族的子孙们是以什么样的形象体态和动作符号在世界人民的脑海中建立印象？在世人面前，我们中国人的肢体形态又是如何呢？纵观世界，提到每一个文化丰富、历史悠久的国家或民族，似乎都有人们长期以来在脑海中建立的，对其民众形象和体态的印象。我们中华民族地大物博，提起中国，外国人大都会联想起京剧、少林武术、太极、才子儒生等等形象，可以用作我华夏民族肢体印象的文化符号实在太多，这些承载着深厚文化内涵的具体形象，都可以作为中国古典舞发展中有助于挖掘传统文化根源的有效素材。

（一）曲艺国粹是可以借鉴的表现形式

京剧和武术是我中华民族文化的瑰宝，中国古典舞从一开始创建，就深受传统戏曲艺术和武术形态的影响。一方面，古典舞的训练体系大量地汲取了中华国粹中戏曲艺术的养分，这为中国古典舞的语汇建立奠定了坚实基础。这些年来，古典舞语汇在继续不断地从戏曲艺术中吸收、提炼和完善训练体系的同时，更是诞生了类似于取材于昆曲艺术的"昆舞"学派崭露头角。目前沿用的大量专业术语都来自于对戏曲艺术的借鉴和改良，"拧倾圆曲"的运动走势与审美形态，以及"手眼身法步"的表演技法等等，这些特殊韵味的元素在不断完善并深入人心，形成了一套较为完整的训练体系一直沿用至今。中国古典舞的发展历程中，曾经所创造的辉煌成果正是沿着这样的一条道路而有所突破的。随着社会变迁和时代发展，人们对于舞蹈艺术的审美要求不再满足于停留，但这并不代表我们从戏曲文化中吸取养分的路不该继续走，相反我们要更加大步地走。

另一方面，中华武术文化更是深藏在民间的文化宝藏，多少年来鲜活地被人民大众所孕育滋养，古典舞的舞蹈语汇和训练方法更是大量地取材于武术。唐代著名的舞蹈家公孙大娘最擅长的便是剑器舞，杜甫曾为之作诗："昔有佳人公孙氏，一舞剑器动四方。观者如山色沮丧，天地为之久低昂。霍如羿射九日落，矫如群帝骖龙翔。来如雷霆收震怒，罢如江海凝清光。"（《观公孙大娘弟子舞剑器行》）可见其既是"武"，亦是"舞"，二者之间融合无间。还有被称为"盛唐三绝"之一的裴旻剑舞，同样是将武术素养与舞蹈艺术融合一体的典范。所以，中国古典舞自古以来便与武术文化密不可分。人们千百年来以武术文化来修身养性，经过岁月的沉淀，其中所包含的道理、观念、方法足以供我们去借鉴品味。中华武术"内外合一，形神兼备"的特点正是与我们的观点有着异曲同工之妙，中国曲艺和武术在长期的发展中，注重将文化内化为艺术表现的质素，既是根基，也是目的，艺术表现与文化表达相辅相成，互相促进。

（二）文学作品是可以挖掘的创作宝库

（1）从诗词歌赋中挖掘古典舞的创作素材。舞者通过结合对诗词歌赋的学习体会，感染上中国传统文化的人文情怀。诗词歌赋是中华传统文化最富表现力的艺术形式之一，杯酒光景之间，歌管楼台之下，文人的笔墨中描摹不尽的是舞蹈的曼妙，流淌不尽的是舞蹈的情怀，"弦鼓一声双袖举，回雪飘飘转蓬舞。左旋右转不知疲，千匝万周无已时。人间物类无可比，奔车轮缓旋风迟。"（白居易《胡旋女》）"舞转回红袖，歌愁敛翠钿。满堂开照曜，分座俨婵娟。"（温庭筠《感旧陈情五十韵献淮南李仆射》）"涂香莫惜莲承步。长愁罗袜凌波去。只见舞回风。都无行处踪。"(苏轼《菩萨蛮》)"舞低杨柳楼心月，歌尽桃花扇底风。"(晏几道《鹧鸪天》)等等之类的作品不胜枚举，其间不管是细腻的描写还是宏观的勾画，都让人感觉到文学艺术与舞蹈艺术的灵犀相通。诗词歌赋用语言艺术的形式为我们留下了古代肢体艺术的鲜活印迹。面对如此浩瀚而又活色生资的文化宝库除了钦佩和赞叹，我们也还要尝试着让这些经典为我所用。

（2）从文学著作和传说典故中探寻古典舞的创作素材。

中国传统文化中的文学名著和传说典故，都是可以供中国古典舞发展所用的宝库。古典文学典故中有很多描写舞蹈的内容，从时代背景、人物性格、生活习俗、情感变化等等都值得与舞者分享。一部文学作品里描写一个人的梳妆服饰，或者描写其神态细节、表情语言等等，都是有利于我们把握人物角色的，作者在文学作品上已经把一个人物写得血肉丰满惟妙惟肖了，我们舞者应该站在前人的高度上去理解看待这个对应的舞蹈作品。文学作品中也描写一种景象和一种心情的，更是有意境，舞蹈者走近这样的心境去体验去表现，在提高专业修养的同时，也植入了文化修为，从根本上解决舞者文化创作源动力匮乏的现象，用诸子百家的处世思想来完善思考逻辑，建立独立文化观，势在必行。在文化的指引下对舞蹈的理解去完善和赋予这些内在的底蕴。

总之，文学是一切艺术的基础之一，古典舞艺术也应该以中国传统文化中大量的文学精品为依托。当然，文学的借鉴不仅仅是以上两个方面的列举，还有很多的内容需要我们挖掘利用，只要适用于古典舞地发展，皆可致用。

（三）书法绘画是可以借鉴的传统艺术形式

书法和绘画艺术是我国传统文化中艺术的集大成者。近年来，有学者们针对舞蹈与书法的融合进行了深入研究。宗白华在研究中提出，"中国的书画是一种类似音乐或舞蹈的节奏艺术，具有形线之美，与感情，与人格的表现。"袁禾在对中国舞蹈进行古今中外以及艺术门类之间的比较研究后，强调在涉及文学的诗文辞赋和绘画、音乐、书法、武术、戏曲等领域中，中国舞蹈与书法是本质特征最为接近的艺术。王朝闻从书法的外部结构、内在变化和运动迁转等方面分析了书法和舞蹈的关系，认为两种艺术间存在着一种形式方面的联系。许钰民认为书法和舞蹈两种艺术之间同源不同形，具有异质同构的审美属性，相互的融合将极大地丰富和拓展各自的艺术前景。也有学者针对书法与舞蹈创作的关系进行了探讨，如任娜和何琦以"云门舞集"为研究对象，从美学特征、构成要素、情感体现等角度阐述书法与舞蹈之间是互通相应的，提出充分理解两者共同的美学特点，有助于编导和舞者创造出美的空间调度、美的动作和美的艺术形象，从而推进舞蹈创作的精神空间。这些研究从不同角度、不同层面触及舞蹈与书法的审美共性，体现了审美同取、书舞同势、气韵相通、静逸相合的精神风范，强调了书法在舞蹈创作中的应用将极大地提升舞蹈艺术的价值和效果。

近年来,涌现了以《扇舞丹青》《书韵》等优秀作品,皆是从书画美学中汲取的灵感而作舞蹈。享誉世界的云门舞集更是有《狂草》《松烟》等作品以书法投影为景,继续挖掘深究中国传统文化书法的审美特点,通过舞者似飞腾狂草、又如描画丹青般的对话,探寻着书法中浩瀚繁富的世界。玄衣舞动的舞者与书家的淋漓飞白,渗透于画中的光影恍若呼吸般在墨迹间流转,追寻书写中古雅、端庄、虚实消长的写意风景。呼应整部作品的是具有东方色彩的音乐和舞台布景,或浓或淡,安静地化为舞台上的空气,仿佛从一开始就是相随相伴的。也就是这种传统、朴拙给观众的视觉和心灵带来一阵清新的感觉,让人觉得欣赏它们是一种享受,更是一种历史文化的反映。就像林怀民所说"那是时光的流动。"林怀民的成功正是以舞蹈为载体,从传统文化中汲取元素进一步重现文化内涵。四十多年百余部舞作,云门正是运用"老东西新思考"的方法,表现古典文学,表述民间故事等等,这样的舞蹈才会让人过目不忘! 而这些作品的共同点便是在汲取了中国传统书画文化审美特点的基础上加以创作,将中国古典舞与中国书画文化等传统艺术融为一体的结晶。

三、中国古典舞作品的编创与中国传统文化融入

俗话说:外行看热闹,内行看门道,可现在一些舞蹈比赛推出的新作品就连多数业内人士也看不懂了。如果不看服装的特点,则难以分清楚属于哪一类舞种;如果不加上文字解说,则不知道作品究竟要表达什么。假如将演员的服装、道具都去掉,单看这些动作的话,会觉得这样的作品表现其他历史时代背景或是加上其他主题也都是说得过去的。

从现在的各项舞蹈大赛的剧目创作上看,中国古典舞作品的发展很大程度上出现了"模式化"的现象,主要表现在两方面:一是作品语汇混乱化。古典舞不够古典,太像西方现代舞,或者干脆什么都不像,很多动作语汇也许只是在现代舞基训的基础上换个手形、加个气息"改造"而成,其发力方式和素材选取也越来越没有中国文化的味道。二是作品语汇技术技巧化。例如,某一个新鲜的动作,别人用了滚地技巧,于是大家都在地上打滚。又如抱后腿转,大家都觉得这个技巧新鲜,也不考虑是否适合舞蹈整体编排,和技术上的适用程度,就不分内容、不分属性地随意套用了。再则,音乐一到高潮部分,就直接用技术技巧往上堆,用枯燥没有生命力的技术技巧推作品情绪,甚至清一色的"女性技术男性化,男性技术女性化"走向。技巧是理性层面的产物。而表演艺术的最高境界是消除理性对自身的支配,从而达到角色的感性状态。舞蹈的最高技巧便是无技巧。提、沉、冲、靠、含、拧⋯⋯无一不是内心情感的再现。由传统文化日积月累的沉淀,逐步对作品生发出的情感,在二度创作时,涓涓细流般的从身体里缓缓流淌出来,再辅以可以使肢体表现达成的技巧训练,这是舞蹈艺术赖以生存的根本,亦是载入艺术史的不二法则。

当观众们感叹过那些高超的技术技巧之后,又有多少人会记得这个作品讲述的内容,多少人能理解编导表达的思想呢?这样的古典舞作品创作模式是多么的令人担忧。面对这些模式化的现象,中国古典舞人才培养需要进一步反思这究竟是所谓的发展进步,还是文化的流失?对舞蹈接班人的培养是应该重新尊重传统文化,还是一味地去追求盲目创新呢?赵国政老师认为:"积极的、悦人耳目的艺术创作,必须用全新的思路去创造,必须具有创作者的生命和血性,能看得见创作者独树一帜的才能和智慧,反之,创作一旦陷入模式化的怪圈,将个别当一般,将唯一当普遍,那么最终只能导致无新意的平庸之作大肆涌现,导致艺术创作的停滞和窒息。"

(一)从曲艺国粹中挖掘古典舞的创作素材。

"古典舞身韵是以最丰富的腰、臂、头、胸的连贯动作产生身法与韵律相结合的特殊风格和效果的肢体语言。因此,如何能与脚下的动作有机结合,从而产生更丰富的整体性及新颖、复杂,富于变化的步伐,这正是一个有待于实践、探索的新课题。"不难看出,对于古典舞发展中存在的导向性偏差使其风格和审美被拦腰斩断。而正是这一现象的出现,使得我们更希望挖掘、探索出从内涵到外延都符合古典舞"拧倾圆曲"的独特舞动规律,并加以思考:这些运动习惯和外国舞蹈不同方式有着怎样的民族气质?一些舞蹈作品与我们的传统文化有什么样的根结?

古典舞借鉴戏曲、武术等直观动作、造型方面颇多,归纳出勾、绷、扛、撇四种脚型和丁字步、正步、踏步、掖步、扑步等脚位,并与上身配合形成顺风旗踏步、双扬掌大掖步、老鹰展翅、青龙探爪等基本舞姿。再与步伐线路的"行圆""迂回婉转"加以贯穿,无疑能体现动作的节律性和流动性。但是现有的步伐只是在横向的流动上做出了一些成绩,在纵线和深度上均又欠缺。所以,我们在提取传统戏曲艺术时,不仅仅是外形的抽取,而是去除戏曲的程式化特性后,经过总结出一些精华的源头出处,提炼出古典舞语汇丰富的风格核心,以此为切入点品读研究传统名家大师们艺术思维和创作方法,而不是去做一些表象的模仿学习,单一去照抄照搬戏曲作品的零碎符号。也可以从与舞蹈一脉相传的武术"龙"文化中找寻渊源,走出古典舞固有的平稳有节制的节奏规律,从传统文化中发现语言的功能性和感召力,真正做到并非"取其形"更要"通其神"。放眼看,我国各民族地区的戏曲剧种约有三百六十种,传统剧目数以万计,五花八门、百花齐放,其中脱颖而出的大量精华瑰宝是中国古典舞的发展可以借鉴学习的"活化石"。所以说,我们对戏曲文化开发探索的功课还有相当大的上升空间。

(二)从文学作品中探寻古典舞的创作素材。

黑格尔说"诗在一切艺术中都流注着,又在每一门艺术中独立发展着"。艺术创作注重发动艺术的感受力、想象力和联想能力。首先,诗歌作品讲究节奏和韵律,和中国古典舞的节奏和韵律感如出一辙。其次,这些诗歌作品究画面感和意境的表达和中国古典舞审美表现交相辉映。再者,我国传统文化中诗歌作品所传达的思想和情感和中国古典舞的创作意韵是一脉相通的。毕竟是同一民族文化影响下产生的两种艺术表现形态,自然有很多互通之处。中国古典舞人才培养可以少量灌输一些诗词韵律与舞蹈的节奏和呼吸相通的观点,抛砖引玉,也可以选一些诗歌的文学美感结合一些舞蹈组合的编排,让舞者在反复舞动的体会中,既陶醉,又体味,既感受,又想象,既用心,又动脑,既思考,又舞蹈。以后在剧目实践中如若选到诗歌题材的作品,甚至是作品编创上列举一些诸如以上所述的唐诗文学特点,选择一些与舞蹈性质相通相近的内容,引发舞者对舞蹈的深度思考,引导其尝试根据一首有感觉的诗歌作品去编创一个舞蹈作品。

(三)从书法绘画中借鉴古典舞的创作素材。

从书法绘画提炼艺术元素,这是一个由无形到有形的过程。绘画的造型,对于舞蹈而言,是化静态为动态;而书法,舞蹈可资借鉴的主要在于线条的张弛有度、刚柔相济等韵律美和节奏感,结体和章法的疏密有致、参差错落等空间意识。在舞蹈创作中,笔者借鉴书法与舞蹈的内在联系,从线条创造的空间美,节奏、力度对比的和谐美中寻找切入点,参考书法字形千姿百态的变化,将古典舞的动作进行不同的演绎,使同一个动作由于力效、时间、空间的不同可以产生截然不同的艺术效果。从不同派别的书法作品中,我们还可以寻找出更为丰富的运动发力方式和艺术形态。用舞蹈动作表现书法艺术的深刻内涵,将古典舞的韵律之美与传统文化内涵相融合。这些从书法艺术中所汲取的启示,正是经历史的沉淀而流传下来的精华,今天的我们拿来加以提炼运用,就是为了使舞蹈形态颇具独特的中国式美感,内容更具有华夏民族的文化韵味。

基于书法绘画和舞蹈艺术的共性,舞者在舞蹈中充分地享受其过程之美,想像自己的身体似笔尖、似水墨慢慢来晕染文人情怀,把两者的“线”性特征充分融合,在不间断的时间过程中,将动态、动势、动力、动律有节奏有情感的呈现出来,逐渐体会书法笔势中的那种“逆锋起笔、中锋行笔、回锋收笔”的这一特点,掌握动作的意味,把握舞蹈的气韵。在此基础上,再进入动作和技术的训练,舞者就更容易了解动作、动势的走向,增强对动作的综合理解力,进入主动配合与二度创作状态之中,学会运用自己的身体说话。古典舞艺术的发展,必须要以文化传统为内核,这样古典舞才能找到自己的位置,就能摆脱纯粹观赏的地位,升华为传统文化的一个部分,这才能从根本上为古典舞找到赖以生存的根本动能。古典舞不仅仅是舞蹈,更是文化的有机组成。

书法艺术应用于中国古典舞艺术的深入探讨与实际研究,在借鉴前人相关研究成果和分析方法的基础上,和二者共同审美特征的内在逻辑相联系的基础上,从书法中找到一种舞蹈动作发生、发展的新方向,有助于寻找出一种新角度、有特色的方法,丰富中国古典舞的创作观念和创作态势,推进中国古典舞的学科发展,使舞蹈的美学追求更有价值。

中国古典舞舞种的定型是受中国文化所制约的,文化在身体语言中的力量难以低估。

我们需要理解中华民族的审美情感,从而表达中国传统文化的深邃所在。

三、结语

中国古典舞发展至今,取得了巨大成绩,但也出现了一些问题,脱离了原有的轨迹。如何提高中国古典舞自身的文化内涵,如何在尊重与借鉴中国传统艺术的基础上创新出具有中国标识的舞蹈艺术,如何进一步提升舞者艺术素养等一系列问题是中国古典舞发展需要面对和解决的。而随着《粉墨》《松烟》等一系列具有融合舞蹈和中国戏曲、书画的优秀作品问世,将舞蹈和传统文化等不同艺术样式进行融合,在中国传统文化中感悟古典舞由传统向现代转型,以传统艺术推进舞蹈发展,越来越引起学者们的重视和关注。本文在推进中国古典舞的发展,其根本还是要以中国传统文化为根基的观点的基础上,通过深入分析,得出以下结论:

(一)中国古典舞创作者和实践者需要有严肃的文化使命感。对传统文化责任意识是古典舞发展、传承的保障。在古典舞和传统文化之间构建一个和谐的平台,并将古典舞作为文化继承的一个部分,并实践之,是古典舞长足发展的基础。并且中国古典舞的创新理念需要中国传统文化地融入,以真正赋予和提升中国古典舞从业者的艺术感觉和艺术智慧。这是一个相辅相成、互相促进的体系。二者缺一不可。

(二)中国传统文化体系(包括:传统曲艺、文学作品、传说典故、书法、绘画等)沉淀着大量可被肢体印象表现的文化符号,这些承载着深厚文化内涵的具体形象都可以作为中国古典舞艺术中可以深入挖掘的有效创作素材。对中国传统文化元素加以提炼和运用将极大丰富中国古典舞的艺术内涵和表现形式。

当然,限于作者的能力和精力,本文还有很多问题有待进一步研究和深化。如是否能从艺术的角度将中国传统文化内容与舞蹈图解动作进行对照比较,以更有利于舞蹈创作的延续与传承;舞蹈与其他门类艺术共性能否承载中国古典舞的发展;能够把更多领域与舞蹈存在共性的艺术形式进行梳理和分析并提炼出规律性的东西?凡此种种,还需要理论和实践上的进一步探索。

作为先进文化的推动者和传播者的高校教师,如何通过发挥自己的绵薄之力,做出前瞻性的思考与建议,进一步推动对中国古典舞的建设与发展,使舞蹈艺术这种人类基本的和经常的精神活动渗透于人们生活的深处,这将始终是我们所面临和需要解决的重大任务。

作者简介

张菡,华中师范大学舞蹈系讲师,美国加州大学欧文分校Claire Trevor艺术学院访问学者;康瑞军,华中师范大学音乐学院教授、硕士生导师,科研副院长。

庙堂之气　金声玉振

——胡缵宗的书法艺术

刘云鹏

图 1

　　胡缵宗(1480 年–1560 年)(图 1)，初字孝思、世甫，号可泉，鸟鼠山人。明巩昌府秦安县(今天水秦安)人。胡缵宗出生于一个官宦家庭，其祖父、父亲两代为官，胡家家境殷实，为当地望族。胡缵宗有过目不忘的天赋，并少年时随父游于京师，这极大地开阔了他的眼界，便很快成为了一位博学多才的学者。明武宗正德三年(1508 年)，二十九岁的胡缵宗殿试策对拟为一甲，因权宰私庇其子，遂置胡缵宗为三甲一名。李东阳惜其才，特奏："请允同一甲传胪，授翰林院检讨，后不为例。"(清·张廷玉等《明史》)胡缵宗初任传胪授翰林院检讨，后任都察院右副都御史，并参与编纂《孝宗实录》。在京都期间，曾先后受知于杨一清、李东阳等人，并结识了一批著名的学友和诗友，如何景明、王九思、康海、吕楠、马理等。后补四川嘉定州判官二载，继升潼川州知州，三十九岁时又升南京户部湖广司员外郎,四十岁升任直隶安庆府(今安徽安庆)知府。当时安庆经宁王朱宸濠兵乱之灾,民多逃离,经济破坏严重,胡缵宗"抚绥安辑,民以大苏"(明《安庆府志》),深受百姓爱戴。继又调任苏州府(今江苏苏州)知府,安庆人"攀辕垂涕而遏之者以万计"(明《安庆府志》),数百只船送他至京口。苏州四年,因其"廉洁辨治,名与况钟颉颃"(明《安庆府志》),故被封为"中宪大夫"。明世宗嘉靖六年(1524年)升任山东布政使司左参政,后调浙江、山西布政使司左参政,同样"所至能称职",成绩卓著。嘉靖十五年(1536年)又调任河南左布政使,同年十二月,升任山东巡抚右副都御史,嘉靖十七年(1538年)调总理河道,嘉靖十八年(1539年)调任河南巡抚右副都御史,后又任河南巡抚,因官署失火烧毁符敕而被免职。从此,胡缵宗结束了仕途生涯,于嘉靖三十九年(1560年)病逝于家,享年81岁。

胡缵宗作为一个熟读儒家经典的官员,为官每到一处对教育和文化极其重视。在安庆府任职其间,加强原有府学和县学之外,还先后恢复和新建了近思书院、二良书院、山谷书院、青阳书院、桐溪书院、皖山书院、太白书院等,并且在各地建立了大量的名宦祠、乡贤祠、忠烈祠,同时禁止"师巫邪惑和僧道之斋醮,以正人心,敦风化"(清《苏州府志》)。在苏州城西重建学道书院,"修祀事,拔士之尤俊者弦诵其中"(清《苏州府志》),极大地推动了当地文化教育事业的发展。胡缵宗在方志学方面的贡献尤为突出,修志实践自正德十五年起,至嘉靖三十七年,前后长达三十八年,是明朝修志历史派的代表人物之一,其所撰志书多为名志,成为后世修志的典范。胡缵宗非常重视重刻书籍,最著名的是重新刊刻唐代欧阳询编纂的《艺文类聚》,明马汝骥的《西式玄虚集》十卷,明高楝的《批点唐诗正声》二十二卷,金刘完素的《素问玄机原病式》一卷,《陈思王集》十卷等。

胡缵宗一生著述甚丰,有《仪礼郑注附逸礼》二十五卷、《春秋本义》十二卷、《拟古乐府》二卷、《鸟鼠山人集》十八卷、《胡氏诗识》三卷、《安庆府志》三十一卷、《秦州志》三十卷、《巩郡志》三十卷、《汉中府志》十卷、《愿学编》二卷、《雍音》四卷等。

胡缵宗在京师期间结交了李梦阳、康海、王九思等人后,深受他们的影响。从其诗歌来看,胡缵宗也是文学"复古运动"的身体力行者,其文章导源六经,嗣以秦汉,"其诗激昂悲壮,颇近秦声。无妩媚之态,是其所长"(《四库全书总目·鸟鼠山人集提要》)。由此可以看出,胡缵宗诗词已经摆脱了歌功颂德、粉饰太平的弊病而追求一种汉唐的盛大气象。胡缵宗不仅文学造诣很高,而且也是一位著名的书法家,足迹所到之处都留有书作,但历史文献中关于胡缵宗书法渊源和书学思想的记载很少,其事迹仅在《明史》卷二百二列传九十《刘讱传》后仅附其传三十字而已。所以通过文献记载来了解其书法取法渊源和书学思想十分困难,只能通过流传的作品对其书法渊源和书风作一分析。

胡缵宗在《题颜真卿麻姑碑》的跋文中对颜体十分推崇,"鲁公之书,充溢宇宙者

图2

图3

多矣。近时所传者,曰:摩崖碑颂;曰:东方曼倩碑赞;曰:多麻姑碑记。并为世珍。夫右军而后,以书名者,其惟颜也。其劲如柳,其润如虞,其严如欧阳,而其逸出于正。是则不可及尔。今观其颂,如凤飞鸾舞于青霄白日之表无复巧云奇雾之掩映。观其赞,如大人君子,正衣冠而坐高堂广宇之上,望之者敛容。观其文如淑人吉士,整仪肃威而如朝庙。观其记,如精金粹玉,星列于盘盂而文响秩然。古今言书法者式焉。自唐至于今,不知几千百载矣,而鲁公之刻,大者小者新者旧者,相望而出,相宝而传,有与日月相照耀,岂以其书端自有不可泯者在邪。拟以其人,本自有不可磨者在邪。"这件题跋以一种开阔的视野来审视唐代书法,已经跳出了明初期书法独尊赵孟頫的窠白,完全摆脱了"台阁体"书风的影响。胡缵宗被颜鲁公书法的正大气象所感染,传世的一些胡缵宗的匾额榜书就取宗法颜鲁公。如山东曲阜孔庙正面第一坊"金声玉振"(图2)巨匾、庙天水伏羲庙的"与天地准"匾(图3)、秦安县兴国寺"般若"匾额和镇江焦山的"海不扬波"榜书。这些榜书,深得颜鲁公书风之精髓。"与天地准"四字则古朴刚劲,"地"字右部下沉,突出竖笔画,上部留出空白,很好地消解了左右两字上部茂密带来的压抑。"准"字最后竖笔略微向左,形成向右压之势,与"地"字向左冲之势合为一体,在矛盾中求得了整体的平衡。"般若"二字有《大唐中兴颂摩崖》的厚重大气之美,两字一气呵成,行笔中的飞白增加了作品的灵动之感,一股浩然之气扑面而来。从"金声玉振"更能感受到《颜氏家庙碑》的精髓。《颜氏家庙碑》是颜真卿为其父颜惟贞刊立,建中元年(780年)六月撰文,十月又撰书《碑后记》,时年72岁,正是颜氏人书俱老之时。《颜氏家庙碑》是颜真卿楷书中艺术水平最高的一件作品,其用笔雄状如椽,结体顶天立地,险中求稳,失之毫厘便会体势崩溃,往往在一点、或笔画的变化中化险为夷,具有四两拨千斤的效果,这种高超的艺术手法前无古人而后无来者。胡缵宗的"金声玉振"四字用笔浑厚健美,结体险中求稳,其笔法、结体皆得《颜氏家庙碑》要旨,"振"、"金"两字以取平稳,"声"字中"耳"字并未按照常规放在中间来支撑上面部分,而是向右与声字"撇"画拉开距离,如果距离再大一点,整个字则会解体,如果距离再小些,也不会增强字的险势,这种高超的结体本领,除颜鲁公,只有此人了。"玉"字三横长度基本相同,取势也显得平稳,玉字最后一点如何处理十分关键,虽为一点而重似千斤,如按常规,这一点应在第二横画与末笔横画的右上方之间,而胡缵宗将其放在第二笔的末尾,使原本显得平稳的"玉"字瞬间生机盎然。纵观胡缵宗榜,将颜体楷书大字发挥到极致。元明两代书法家,虽然皆强调晋唐一体的取法观念,但实际上对唐人的取法并未落实在创作上,有成就者凤毛麟角,即使明中后期书法摆脱了"台阁体"和程朱理学的阴影,走出了赵孟頫的窠臼,形成了魏晋、唐宋一体的取法观念,但考察整个明代中后期的书法,几乎没有直接取法于唐代的书法家,而胡缵宗楷书取法于颜真卿就显得意义特别突出。他取法颜体并不像大多数人将注意力放在《多宝塔》、《麻姑仙坛记》上,而是着眼于《颜氏家庙碑》、《夫东方先生画赞碑》碑上,将颜体楷书以榜书形式推向了艺术的高峰,在元明两朝中,对颜楷的继承和发展上难有出其右者。

其行、草书主要取法魏晋和唐,他在《跋右军十帖后》云:"往岁,或有贩寄此石帖于缵宗云:'新得之野寺中'者,以为已胜今时所传诸刻矣。及于蒋侍御伯宣所,复获此本,则文见其风神清逸,骨体遒劲,逼真右军手笔。近时所传诸刻远在下风矣,徐殿读予容以为然。暇日,手临一过,周郡丞少安云:'此须传之人人。'因托长洲章生简甫,摹之石,与诸学者共焉。"可见他对王羲之书法的钟爱和推崇。其书法又受吴门书风的影响。胡缵宗到苏州后,与当时苏州的文人、书法家建立了深厚的友谊,与文徵明、祝枝山、顾璘多有诗书往来,互致唱酬。胡缵宗、文徵明两人的友谊长达40年之久。胡缵宗到苏州上任不久,唐寅这位才子在贫病交加中去世,胡缵宗对这位才子的逝世十分惋惜。唐寅之弟唐申在桃花庵为唐寅墓立碑,特请胡缵宗书写墓碑,胡缵宗欣然接受,在碑文中表达了对这位才子的敬慕之意。王宠兄弟虽是生员,但胡缵宗十分器重,引为知己。王宠英年早逝,死后所出王宠诗集的序由胡缵宗所写。他与吴中四才子的徐祯卿关系也极为密切,二人互赠的诗文很多。可以看出胡缵宗在苏州任职期间,与苏州的主要文人、书法家十分友好,其书风受到吴门书法的极大影响。

胡缵宗所书的这件题跋（图4）笔力清劲古雅,观之如一泉清流直泄人心脾。这件作品已无明代前期书风的流弊,直追魏晋,其艺术水平不亚于吴门诸家。《刻艺文类聚

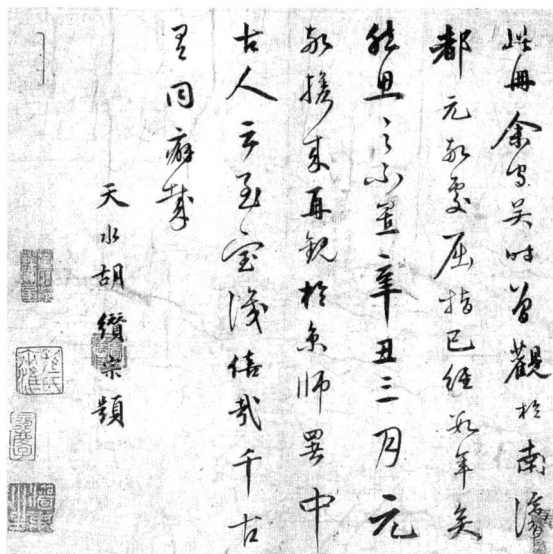

图4

113

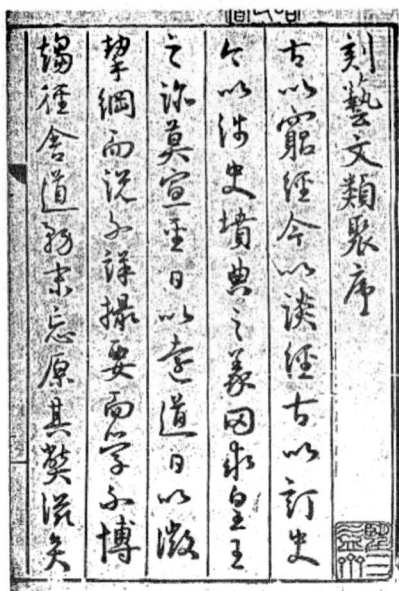

图 5

刻藝文類聚序
古以竄經今以讒經古以訂史
今以汰史墳典之義因以皇王
之訛莫宣至以章道日以漓
挈綱而說不詳操要而字不博
揚徑舍道務求忘原其奚溉矣

序》(图 5)和《行书手札》用笔明快,温润秀劲,法度谨然而意态生动,流露出温文儒雅之气,颇具晋唐书法之风韵。

位于苏州虎丘,胡缵宗篆书所书的"千人座"三字端庄工稳,刚劲有力,与旁边李阳冰所书"生公讲台"相比,毫无逊色之处,深得二李篆书之精要。

胡缵宗书法与吴门书法相比,在取法和艺术水平上属于同一体系,已经跳出明初"台阁体"书法窠臼,形成魏晋、唐宋一体的取法观念,尤其胡缵宗的榜书在整个明代书法史上是一个典型,其意义显得特别突出。

丰富八骏品牌内涵
拓展文艺人才平台
——甘肃省八骏文艺人才研究会2016年理事（扩大）会议工作报告（2016年12月27日）

常务副会长兼秘书长　高　凯

各位领导、同志们，大家好：

岁末年初，辞旧迎新。今天，我们相聚于此，举行甘肃省八骏文艺人才研究会2016年理事（扩大）会议。首先，对大家的到来表示热烈的欢迎和衷心的感谢。

成立于2014年6月16日的甘肃省八骏文艺人才研究会，迄今只有两年半时间，还处于一个咿呀学语、蹒跚举步的初创阶段。因为条件所限，2015年我们没有举行每年的例行理事会议，只是通过会员的社交媒体和《文艺人才》做了一次年终总结，勉强完成了规定的动作。所以，把成立时的首次理事会算上，今天的理事会议实际上是研究会成立以来的第二次理事会议，而我要作的情况汇报所涉内容也是研究会成立以来两年半的工作。

两年多来，在省文联新一届班子的领导下，在省民政厅社管局和省文联组联处的指导下，在各位理事的共同努力下，以及在新闻媒体的热切关注和鼓励之下，省八骏文艺人才研究会以习近平总书记在文艺座谈会上的讲话精神为指针，遵循国家民间文艺社团管理的有关规定，紧紧围绕省委、省政府甘肃国家级华夏文明传承创新区建设,一方面扎实践行既定的办会宗旨和任务,进一步丰富已有的品牌文化内涵,一方面加快初期的机制建设,使研究会基本步入了正常轨道。

一、两年半来的工作

(一)持续推进八骏队伍建设,不断丰富品牌文化内涵

历时11年的"甘肃文学八骏"人才接力推介工程,已成为享誉中国文坛的著名文化创意品牌。诞生于"甘肃文学八骏"人才推介机制的甘肃省八骏文艺人才研究会,所肩负的使命,无疑是不断推动甘肃国家级华夏文明传承创新区"十个一"文艺精品工程之"一支文学劲旅"文学陇军的队伍建设,不断丰富"甘肃文学八骏"这一文学品牌的文化内涵。

2015年3月21日国际诗歌日之际,第二届甘肃诗歌八骏评选揭晓,由古马、离离、李继宗、郭晓琦、于贵锋、扎西才让、包苞和李满强等8人组成的"诗歌八骏"新阵容奔腾而出。同年9月,第二届"甘肃诗歌八骏"作品研讨会暨中国著名诗人河西走廊精准扶贫采风活动成功举行。这次活动,由省委宣传部、省文联、《文艺报》《文学报》、省文学院和八骏文艺人才研究会主办。中国作协副主席吉狄马加和甘肃省委常委、宣传部部长连辑出席开幕式并讲话。说到这次活动,我们还要感谢南特集团在敦煌对包括"甘肃诗歌八骏"在内的来自全国各地20余名诗人的热情接待。秀才人情纸半张。一些诗人参观了南特集团后,深为南特集团的文化精神所感动,为其创作了30余首诗歌。我给南振岐先生写的诗歌《人在敦煌》已经先后在《江南诗》《芒种》和《天水日报》发表,并被最近一期《诗选刊》转载。为了表示感谢,过一会儿,换一个场所将请朗诵艺术家黄瑞女士朗诵。

2015年底到2016年初,由省委宣传部、省文联、省文化厅和省财政厅联合主办,省八骏文艺人才研究会和省戏剧家协会承办的首届"甘肃戏剧八骏"的评选活动成功举行,推出了以朱衡、雷通霞、边肖、张小琴、马少敏、苏凤丽、佟红梅和窦凤霞等8位艺术家为方阵的首届"甘肃戏剧八骏"(表演方阵)。由省财政厅最初创意推动的这次"甘肃戏剧八骏"推介活动,实现了省八骏文艺人才研究会人才事业由文学领域向艺术领域的跨越式发展,标志着"八骏人才"已经深入人心被社会广泛认同。截至2016年底,"八骏"人才接力工程共推出三届"小说八骏"、两届"诗歌八骏"、一届"儿童文学八骏"和一届"戏剧八骏",先后向全国推出48余人/次甘肃实力小说家、诗人、儿童文学作家和戏剧表演艺术家。"文学八骏"这一平台的重要作用越来越显现出来。一个不争的事实是,甘肃最具影响力的作家如马步升、叶舟、娜夜、古马、弋舟、李利芳等人都在"文学八骏"队伍之中。比如当前甘肃标志性作家、"小说八骏"作家叶舟和弋舟,他们二人的成熟期和重要的黄金收获期都是在入选"小说八骏"之后。其间,叶舟以获得鲁迅文学奖而奠定自己在中国文坛的地位。弋舟虽没有获鲁迅文学奖或茅盾文学奖,但两年来几乎横扫了中国文坛其他重要的小说奖项。而马步升则更多地涉及学术活动。

几年来先后担任了茅盾文学奖、鲁迅文学奖和骏马文学奖等中国文学最高奖的评委，为甘肃文学在中国文学话语的最高平台上占得一席之地。再比如2013年推出的首届"儿童文学八骏"，2015和2016也集体进入一个重要的成长期和收获期，除一个"问题八骏"未对其情况作统计而外，其余李利芳、苟天晓、张琳、刘虎、赵剑云、曹雪纯和张佳羽等7位作家都出版了1部著作。其中，苟天晓出版3部，李利芳、张琳和曹雪纯3位各出版2部。刘虎在中国少年儿童出版社出版的长篇小说《第十四对肋骨》发行超过2万册，成为畅销书。张琳、赵剑云和刘虎分别获得了大白鲸世界杯原创幻想儿童文学奖、冰心儿童文学新作奖和华语儿童文学中国故事短篇创作邀请赛银奖等荣誉。其中，张琳还是两次荣获"大白鲸"奖项。在"儿童文学八骏"作家中，产量最高的是90后作家张佳羽，迎来了自己创作的一个井喷期。三年中，其除在作家出版社出版32万字的长篇小说《才女升学记》而外，还在《诗刊》《意林》《中国校园文学》《山东文学》《四川文学》《少年文艺》等刊物发表270首诗歌、52篇小说和43篇散文，荣获首届蒲松龄杯散文一等奖，并成为2015年《课堂内外》杂志力推的11位90后作家第一名。值得一提的是，张琳和曹雪纯双双进入鲁迅文学院第十三届儿童文学作家高研班学习。这无疑也是得益于"甘肃儿童文学八骏"作家这一特殊的身份和其自身短时间的成长。

特别需要说明的是，几位"儿童文学八骏"作家出版的12部著作，都不是购买书号的自费出版，而是出版社主动找上门的市场运作。这是以前的甘肃儿童文学作家未曾享有过的待遇和尊严。其实，作家们出版多少作品并不重要，最为重要的是他们由此获得了一种文化自信。在眷顾这些"儿童文学八骏"作家的出版社中，还有当初参与协办"儿童文学八骏"推介活动的甘肃少儿社。借此机会，我们应该向秉持本土文化情怀和精神的甘肃少儿社社长兼总编邓寒峰，和向支持我们编辑《文艺人才》的敦煌文艺出版社总编辑杨继军先生表达敬意和谢意；向一直关心文艺人才事业的读者集团党委委员、副总经理马永强先生表示敬意。同时，对已于今年4月离开我们的敦煌文艺社原社长兼总编辑王忠民先生表示深切的怀念。

儿童是我们的未来。儿童文学是少年儿童的乳汁。"儿童文学八骏"的推介，引起了人们对儿童文学的关注，点燃了一些人对儿童文学的热情。2013年以来，《文学报》给我们推荐了武威民勤的刘海云，嘉峪关市作协给我们推荐了轩辕小胖，天水市作协给我们推荐了胡平杨。对于这三位儿童文学新人，我们通过邀请参加文学活动、在《文艺人才》刊发推介文章、向其他刊物推荐作品和建立通讯关系等方式，提供了力所能及的公益服务。而对于身体残疾的农民女作者刘海云，我们还给了2000元资助。

此前，甘肃儿童文学创作一直是悄无声息，在全国儿童文学界一直没有任何地位，更不要说什么影响力。2013年，我们决定推"儿童文学八骏"之后，在寻求中国作家协会的支持时，中国作协副主席、儿童文学委员会主任高洪波坚决不同意，他甚至问我：甘肃除了你高凯和李利芳而外，还有谁能当"儿童文学八骏"？高洪波的话是对的，我没有怪高洪波。但我据理力争说：我不当，我们甘肃还有人哩，只因甘肃作家不善于推销自己，人们不知道罢了。为了改变外界对甘肃儿童文学创作这一荒凉感的印象，必须进行儿童文学的"植树造林"，促成"甘肃儿童文学八骏"活动。于是，我又迂回做儿童文学委员会副主任、北京师范大学亚洲儿童文学研究中心主任王泉根和中国作协儿委会秘书李东华的工作，让他们二人分别再做高洪波的工作。最后，在几方面感情和关系的作用下，高洪波终于同意由中国作协儿委会牵头选拔"甘肃儿童文学八骏"并主办在甘肃的推介活动。结果，"甘肃儿童文学八骏"奔腾而出就引起广泛关注，年终被李东华的年度全国儿童文学创作综述和王泉根主编的《2013年中国儿童文学年选》大事记列为当年中国儿童文学年度亮点事件。通过这一个活动，我们起码让中国儿童文学界知道了在中国西北部的甘肃有一个叫"儿童文学八骏"的儿童文学作家群体正在崛起。毫无疑问，首届"儿童文学八骏"的速度和成绩，已经超过了目前正在奔腾的第二届"诗歌八骏"。

"甘肃文学八骏"品牌自2013年被列入省省政府华夏文明传承创新区"十个一"品牌工程以来，一直受到省委、省政府和各个方面的重视与支持。2014年11月19日，省委书记王三运同志首次到省文联调研时，首先光临的就是甘肃省文学院成果展室。在听取了我们关于"文学八骏"成果情况汇报之后，王三运书记破例在留言册上签名留念。在今年11月25日由省委、省政府主办的甘肃省繁荣和推进文艺工作座谈会上，"甘肃文学八骏"品牌资料成为会议的参阅材料，王三运书记的讲话也一一重点提及"小说八骏"、"诗歌八骏"和"儿童文学八骏"系列品牌。在当天的会议上，研究会副会长、蝉联三届"甘肃小说八骏"的作家叶舟代表全省作家作了大会交流发言，研究会常务理事、"小说八骏"作家弋舟和研究会理事、"儿童文学八骏"作家曹雪纯分别代表"小说八骏"和"儿童文学八骏"参加了会议。而新当选的首届"甘肃戏剧八骏"表演艺术家有7位出席了会议。本人和马步升也参加会议。新一届文联班子对研究会的工作非常重视，不但在活动上关心，每年还拨了一些经费。可以说，当初没有新一届文联班子的支持，我们的研究会就不可能成立。所以，今天我想对名誉会长、直接分管文学院和研究会工作的文联副主席王登渤同志说一句真诚的感谢。

（二）以《文艺人才》会刊为阵地，积极拓展人才成长平台

除推介第二届"诗歌八骏"和首届"戏剧八骏"而外，两年来我们的人才事业还集中体现在敦煌文艺出版社支持我们编辑出版的研究会会刊《文艺人才》上。缘于"文学八骏"的八骏文艺人才研究会，其事业范围并不是仅仅局限于"八骏"人才，而是涵盖所有艺术领域的文艺才俊。2015年4月17日创刊的《文艺人才》，因为以"发现人才、推介人才、研究人才"为宗旨，坚持"甘肃国家级华夏文明传承创新区人才领军媒体"、"国内唯一的文艺人才专业读本"两个定位，坚守"立足陇上，面向全国"的立场，从创办之初到现在一直备受社会的广泛关注，寄托了省委、省政府和文艺界的无限期许。

省委常委、宣传部部长连辑热情为《文艺人才》题写了刊名，夏红民副省长在百忙中出席了首发式并作重要讲话。《甘肃日报》在4月21日以几乎整版的版面刊发了记者施秀萍采写的长篇通讯《吹响甘肃文艺才俊的集结号》，并配发了题为《让更多的千里马奔腾而来》的编者按。从2015年春季到2016年冬季，《文艺人才》共出版8期。2016年秋冬季合卷已经完成终校，新年之前可以和大家见面。《文艺人才》每期印行2000册，免费向各国驻华使领馆、各省市文艺主管部门、各省市暨港澳台图书馆、全国部分文艺名家、甘肃省宣传文化界领军人才、艺术系列高级职称专家、优秀民间文艺人才和兰州城区人文茶楼赠阅。两年之中，《文艺人才》通过高端关注、八骏擂台、名家之约、成才之路、乡土人才、载誉者、新发现等栏目，服务了一批各类文艺人才，得到了省内外一些读者的好评和文艺人才的喜爱。在人才研究方面，两年来《文艺人才》除刊发了近30篇单篇的各类艺术门类人才的研究文章而外，去年还为两个作家开设了《纸上研讨会》专栏，分别集中研讨了张政民的文化著作《老子的幸福》和程正才的长篇小说《夜迷离》。这种"纸上研讨会"的形式效果非常好，得到了作者和读者的认可。今后我们会根据情况继续举办。在人才发现方面，我们一直不遗余力。除了前面提到的三位儿童文学新人，为了加强发现新人才的力度，《文艺人才》去年又开设了《新发现》栏目，先后刊发了多篇评介庆阳青年诗人段若兮、农民诗人王忠宁和蒙自忠的评价文章。其中，对名不见经传的段若兮不惜版面的连续推介最为成功。11月在北京，"诗歌八骏"70后女诗人离离和武强华对我说，发现段若兮，证明我省终于有了一个80后女诗人。对一些青年才俊的发现充分证明：我们的文艺事业后继有人，我们不缺少人才，我们缺少的是甘为人梯的发现和扶掖。

研究会服务人才的途径还不止以上几种。因为八骏文艺人才研究会是甘肃省文学院事业机制的社会延伸，所以凡是甘肃省文学院事业抵达的地方，同时也体现着研究会的文化精神。2015年7月，根据省文联和省委双联办的精神，我们为全省双联干部编辑出版了《心灵的乡村——甘肃双联行动乡土文学读本》(敦煌文艺出版社出版)。这部乡村的心灵读本，向社会全面展示了改革开放三十多年来我省乡土文学人才的重要文学成果。也是同一个月，我们又配合省委、省政府中心工作，与《人民文学》杂志联合策划组织了以中国作协副主席何建明为团长的著名作家精准扶贫双联行动主题创作甘肃乡村行大型采风活动。为了锻炼我们的文学人才，我们抽调了4位"八骏"作家参与其中。创作结束后，参与采风的几位作家关于精准扶贫双联行动的观点，还被省委双联办编辑的《领导干部和专家学者论双联》白皮书摘要编发。这次活动得到了省委的高度重视。采风团出发前，王三运书记、欧阳坚副书记与作家们进行了座谈，连辑部长出席出发仪式并讲话。活动结束后，我们根据《人民文学》刊发的稿件编辑出版了体现采风成果的作品集《国家温暖》(敦煌文艺出版社出版)。王三运书记对这次活动做了重要批示："这是有重大影响力和深层震撼力的创作采访活动，各方面都要重视和支持……"。此外,9月20日我们借承办2015中国少数民族文学论坛的机会,积极推荐了我省6位少数民族作家参加会议并作了发言,为我省的少数民族作家在这一重要的学术平台上争取了一次难得的发言权。

在总结工作、肯定成绩的同时,我们也认识到工作中还存在的一些问题,比如精品意识不强、《文艺人才》的稿源培养不够、专业编辑人员缺乏等。对于这些问题,我们有信心在今后的工作中努力逐步解决。

二、下一步工作打算

今后,作为甘肃省文学院事业的延伸机制,省八骏文艺人才研究会将成为推介"甘肃文学八骏"和"甘肃艺术八骏"的永久性秘书长单位和学术平台。打铁还需自身硬。我们的远大目标是,把甘肃省八骏文艺人才研究会办成四A级以上民间社团,提高自身的服务能力,更好地为广大文艺人才服务。

远的不说,大话空话也不说,明年我们主要做以下三项工作:

(一)选拔推介第二届"儿童文学八骏"

2013年推出的首届"甘肃儿童文学八骏"作家,其中的两位作家到明年已经达到或超过"文学八骏"选拔机制规定的50岁退役年龄,一位所谓作家因为被实名举报涉嫌抄袭面临淘汰出局,所以未来的第二届"儿童文学八骏"将有三个空额必须增补。按照我们的时间表,第二届"儿童文学八骏"方阵将于明年6月前推出。会后,希望大家采用多种渠道给我们推荐我省优秀的儿童文学作家人选。

(二)继续努力办好《文艺人才》

经过两年的尝试,《文艺人才》的重要性越来越凸显出来。在2015年《文艺人才》首发式上,夏红民副省长的一句脱稿讲话我一直记在心里。夏省长说:"我们既要不拘一格降人才,又要不拘一格办刊物。"虽然《文艺人才》是甘肃省八骏文艺人才研究会和敦煌文艺出版社的事业阵地,但归根结底是广大文艺人才的成长平台。这是因为,文艺人才是我们共同的事业资源,又是我们共同的事业目标。所以,我们必须想方设法"不拘一格"把《文艺人才》办好。用马永强先生的话说,我们要把《文艺人才》当一个项目来搞,而不是只编一个连续性读物。

过去两年的《文艺人才》虽然明确了思路,且显示出一种精神,但还不是精品,明年的《文艺人才》必须成为精品。

(三)编辑出版《甘肃文学八骏作品评论集》

因为有省委宣传部政策研究室的经费支持,研究会明年决定由研究会会长雷达先生担纲编辑出版《甘肃文学八骏评论集》(暂名)一书,向党的十九大献礼。该项目将由省委宣传部政策研究室和八骏文艺人才研究会共同完成。

人才是强国之本。不断攀升的"人才贡献率"证明,人才不但是生产力,而且是第一生产力。当人才成为科学发展的第一资源,人才就成为国家的战略。如此来说,文艺人才当然也是我们八骏文艺人才研究会的发展战略。毫无疑问,推举文艺人才单靠我们一个小小的文艺人才研究会是不够的,而是需要全社会的共同参与。我们唯一的期望就是凭借自己的绵薄之力,唤起社会对文艺人才和文艺人才事业的一点尊重和重视。习总书记曾经说过:"要树立强烈的人才意识,寻觅人才求贤若渴,发现人才如获至宝,举荐人才不拘一格,使用人才各尽其能。"让我们把这句箴言落实在今后的行动上。

最后,我想代表研究会和文学院,代表"八骏"人才,代表我们曾经服务过的广大文艺才俊,在这里向多年来给予我们巨大支持的省民政厅社团管理局、省文联组联处、敦煌文艺出版社和各新闻单位表示由衷的感谢。你们有功于八骏文艺人才研究会和文学院,更有功于全省广大文艺人才。我们以往得到了你们的帮助,今后还希望继续得到你们的扶持。这不只是为了我们这个民间社团和事业单位,而是为了我们共同的文艺人才事业。说到底,都是为了我们的民族。

新年将至,好运当头,希望大家在新的一年里工作顺利、事业有成、身体健康、阖家欢乐,抬头见喜!

谢谢大家!

图书在版编目（ＣＩＰ）数据

文艺人才 / 高凯主编. -- 兰州 ：敦煌文艺出版社，
2016.12（2022.1重印）
　　ISBN 978-7-5468-1500-8

　　Ⅰ. ①文… Ⅱ. ①高… Ⅲ. ①文艺人才－文集　Ⅳ.
①I03-53

　　中国版本图书馆CIP数据核字(2016)第313437号

文艺人才

高凯　主编

责任编辑：靳　莉
装帧设计：弋　舟

敦煌文艺出版社出版、发行

本社地址：(730030) 兰州市城关区读者大道568号
本社邮箱：dunhuangwenyi1958@163.com
本社博客（新浪）：http://blog.sina.com.cn/lujiangsenlin
本社微博（新浪）：http://weibo.com/1614982974
　0931-8773084(编辑部)　　　0931-8773235(发行部)

三河市嵩川印刷有限公司印刷

开本 710 毫米×1000 毫米　1/16　印张 8　字数 156 千
2017 年 1 月第 1 版　2022 年 1 月第 2 次印刷
印数：2 001～4 000

ISBN　978-7-5468-1500-8

定价：36.00 元